KAREKORE
Novelizations
[著者] 秀章
[イラスト] 八三
[原作
比企能博／Plott

CONTENTS

カゲチヨ
シディ
ヒサメ
ゴスケ

カレコレ
Novelizations

[著者] 秀章
[イラスト] 八三
[原作]
比企能博/Plott

カゲチヨ

カレコレ屋メンバーの一人。
吸血鬼とゾンビのハーフ。
血液操作と超再生の能力を持つ。

ヒサメ

カレコレ屋メンバーの一人。
雪女とカンナカムイのDNAを
持つため、氷と電気を操れる。

シディ

カレコレ屋メンバーの一人。
狼男と太陽神ホルスのDNAを
持つため、嗅覚に優れ、炎も操れる。

ゴスケ

渋谷にてカレコレ屋の3人が
遭遇した、謎多き少年。

終幕のセンチメンタル

渋谷のとある雑居ビル。

ベランダの手すりにもたれかかり、生ぬるい夜風に吹かれていたカゲチヨは、閉じていた瞼《まぶた》をそっと開けた。

向かいのビルの看板から、ネオンの明かりが降り注いで、目に刺さる。

階下からは、オープンテラスで酒を酌《く》み交わす人々の馬鹿笑いや、レコード屋から漏れ出る音楽が聞こえてきて、やかましい。

夜はすっかり更けているというのに、安息には程遠い。

初めてこの街へやってきたときにも、なんて落ち着かないところなんだとげんなりさせられた。

だからさっさとやることやって、とっととこの街から出ていきたかったのに、それなりの月日を費やしてしまった。

この街の闇が、あまりにも深かったからだ。

規格外のバケモノが跳梁跋扈《ちょうりょうばっこ》し、挙げ句バケモノ同士で抗争まで繰り広げていた。

言うまでもなく巻き込まれたし、痛い目に遭った。

見たくもないものを散々見せられた。

本当に、つくづく、魔境のような街だった。

しかし、そんな街とも、ようやくオサラバ――。

カゲチヨはベランダの手すりから上体を起こし、部屋の中を覗《のぞ》く。

ここは、渋谷滞在中に、仮の拠点として借り上げていた部屋だ。

けれどそこももう、もぬけの殻。

備え付けとして元からあった、ローテーブルとソファがぽつんとあるだけ。

照明器具も取り外されて、薄暗い。

「……ふう、やーっと片付いたな」

いよいよこの部屋からも撤収して、本拠地に戻れるのだと思うと、自然とカゲチヨの口からは嘆息が漏れた。

「――いや、なにが『片付いたな』だし。カゲ、ずっとサボってたじゃん。ほとんど私とシディがやったんだけど」

言いながら、部屋の暗がりからひょっこり顔を出したのはヒサメだ。口を尖《とが》らせ、ジト目をこちらに向けてくる。

なんと言ってお茶を濁そうかとカゲチヨが考えていると、タイミングよく玄関扉が開いて、シディが割って入ってきてくれた。

「――カゲチヨ、ヒサメ、この看板はどうする？」

シディが手に持っているのは、玄関扉の吊り下げ看板だ。

といってもそれは、下手くそな字で『カレコレ屋　渋谷支店』と手書きされているだけのベニヤ板。手作り感満載で、あけすけに言ってしまえば、ちゃちだ。

これから渋谷を去ろうとしているカゲチヨたちには、本来であれば不要のもの。

しかし、

「……アー。これ、ア、イ、ツ、が作ったんだっけ」

カゲチヨはシディから看板を受け取って、しばし物思いにふけってしまう。

実はこの看板、カゲチヨたち、が、作ったものではない。

この部屋に居付いていたとある少年が、良かれと拵《こしら》えてくれたもので――いわばその少年の、遺留品だ。

「持って帰るでしょ、カゲ。思い出に」

看板の下手くそな文字を指でなぞりながら、ヒサメが優しく言う。

「ウム。一応聞いたものの、俺も持って帰りたいと思っていた。捨ててしまうのは気が引ける」

シディが微笑みながら続く。

二人から目で「どうする？」と聞かれ、カゲチヨはガシガシと頭をかいた。

「俺は別になんでもいいから、お好きにどうぞ」

「素直じゃないんだから。一番可愛がってたくせに」

「都合よく顎《あご》で使ってただけなんだけど?」

「ウヌ?　そうか?　まるで仲の良い兄弟みたいだったぞ」

「兄弟?　あーはいはい。兄貴分とその舎弟的なね。それならわかる」

カゲチヨの軽口に、ヒサメは「もう」と肩を竦《すく》めつつ、ふと、遠い目をしてつぶやいた。

「でも、本当にいい子だったよね……」

ヒサメの声音は柔らかくも、惜別の寂しさと、やるせなさが滲《にじ》む。

なんなら少し涙目にまでなっているものだから、カゲチヨも茶化す気になれない。

「……そうだな」

だから素直に相槌《あいづち》を打った。

ヒサメがそんな顔をするものだから、アイツとの——ゴスケとの思い出が、次々にフラッシュバックする。

渋谷は魔境だ。

振り返れば、大半が苦い思い出。

けれどそんな魔境であればこそ、宝石のようにきらめく出会いや経験もまた、たしかにあった。

そしてその中心にはいつも、ゴスケがいた。

だから、自分はもう渋谷を去るけれど、ゴスケとの出会いは忘れない。
ゴスケと駆け抜けた狂乱の日々は、きっとずっと色褪《いろあ》せない。
なんなら、単なる思い出話として片付けられもしない。

これはそう、渋谷のストリートの語り草として、連綿と言い伝えられることになる、血の雨と傘の物語。

プロローグ

とうに日は暮れ、月が弓形《ゆみなり》に笑う。

無数の星々がほのかに瞬《また》く。

夜の帳《とばり》はすっかり落ちた。

しかし、その街は、眠らずにいた。

林立するビル群は、雑多な電飾で彩られる。

その麓《ふもと》では、人々と車両が行き交い、猥雑《わいざつ》な活気で賑々《にぎにぎ》しい。

この街に集《つど》う人や物は、多種多様を極め、まさにカオス。

ざっと見回しても、人種は多岐にわたり、数え切れない。

老若男女も問わずいる。小さい子供連れの家族から、杖を突き歩く老夫婦まで幅広い。

貧富のグラデーションも鮮烈だ。高級スーツを着たビジネスマンが、ホームレスの眠る高架下を颯爽《さっそう》と歩く。

また、この街は道徳と反道徳が同居している。巡回のパトカーが、爆音を轟《とどろ》かせる違法改造車を見て見ぬふりし、すれ違った黒塗りフルスモークのミニバンに目礼した。

街中に溢《あふ》れるのは音楽だ。最新の流行曲からオールディーズに、ド渋なレアグルーヴから、風俗の広告トラックが鳴らす安っぽいテーマソングまで。

そしてひしめく店、店、店。飲食、アパレル、アミューズメント、生活雑貨、消費者金融……人間の飽くなき欲望を、まるで具現化しているかのよう。

そしてそんな道端で、若者たちが酒を片手に屯《たむろ》していたり。刺激や快楽を求め、練り歩いていたり。ときに喧嘩《けんか》が起こって怒号や悲鳴が響いたり。

喧騒《けんそう》の重奏。

祭りが催されているのではない。

これが、この街の日常だ。

人々の交じらいも濃密にして、織りなされる物語に限りはなく、ゆえにその一つ一つは物語とも呼ばれず雑踏に紛れる。

西暦二〇二X年――東京、渋谷。

華やぐメインストリートから少し外れて、人気《ひとけ》もなく寂れた裏路地。

ここに一人の少年がいる。

年齢は一五歳くらいか。どこにでもいる、普通の人間、普通の日本人に見える。

しかし、あどけなさが残るその顔には、擦《す》り傷と青あざが咲いていた。

身に纏《まと》う服はよれよれでほつれていたり、土汚れまでついていた。

少年は一人、切迫した表情で、息も絶え絶えに裏路地を駆ける。

この少年の名は、ゴスケ。

「ハァ……ハァ……ハァ……！　やらかしたッス！　やらかしたッス！」

ゴスケは背後を気にしながら、泣きそうな声であえぐ。

ゴスケは今、死にものぐるいで逃げていた。

しかし体力は尽きかけで、恐怖で身体も強張《こわば》っている。

そのため、なんでもないところで躓《つまず》いて、転んでしまった。

走る勢いが勢いだったせいで、転び方もまた派手だ。

「ちょ、君、大丈夫？」

通りすがりの青年が、心配して声を掛けてくれる。

ゴスケにとってその青年の優しさは、まさに救い。

「ハァ……ハァ……！　た、助けてくださいッス！　ヤバいやつに追われてるんッス！」

だから、相手方の迷惑も顧みず、つい縋《すが》ってしまった。

そうして、青年のことをその場に引き止めてしまった。

それが、青年の命運を分けた。

突如、青年の頭上に、自販機が降ってきた。

凄《すさ》まじい落下音が裏路地に轟《とどろ》く。

そこに、グチャッという水気のある音も混じる。

青年が、降ってきた自販機に押し潰《つぶ》されてしまったのだ。

下敷きになったのは頭部で、ひしゃげた自動販売機の下から、どす黒い血の海がじわじわと広がっていく。

下敷きを免れた青年の首から下は、ビクンビクンと痙攣《けいれん》している。

衝撃的な光景に、ゴスケは声にならない悲鳴を上げて、へたり込む。

この人は、ただの通りすがりだった。

自分が転んだところに声を掛けてくれた、優しい人だった。

それが、自分が助けを求めて引き止めてしまったせいで、無惨にも死んでしまった。

その事実にゴスケは放心し、腰が抜けてしまって動けない。

そんなゴスケに、三人の人影が歩み寄る。

「――あーぁ、やっちまった。このバカ」

一人は背が低く、毒々しい柄のアロハシャツを羽織っている。

「？　あのガキはまだ生きてる。あのガキを生きたまま攫《さら》ってこいって、ボスに言われた」

もう一人は身の丈二メートルを超し、四肢も胴体も何もかもが太い巨漢だ。

「……余計な手間を増やすな。死体の処理は面倒だ」

最後の一人は長髪で、隠れた目元が陰気臭い。

そして三人全員、耳は尖《とが》り、口からは大きな牙が生え出て、肌の色は緑だった。

それらの特徴から、彼らの人種の特定は容易《たやす》い。

オーク――個体によって差はあるものの、総じて腕力が強く、自販機を投げ飛ばすほどの怪力の持ち主も中にはいる。

〝異宙《いちゅう》〟では広く分布する、非常にポピュラーな人種だ。


西暦二〇〇〇年、地球はまるごと〝異宙〟に転生した。

異宙は、多種多様な人種や動植物がいる世界だ。地球でいうところの『モンスター』や、『神』や『悪魔』といったような存在までもが跋扈《ばっこ》している。

そんな異宙人たちが、転生した地球へと数多く押し寄せた。

無論、様々な問題や軋轢《あつれき》、衝突が起こる。禍根《かこん》も残った。それでも、交流は止《や》まずに進み――二〇二X年現在、地球人は所々に折り合いをつけながら、異宙人と共存している。

渋谷はその好例だ。

見るからにガラの悪いオークの三人組が、一人の少年を追い込んでいるという光景も、この街ではありふれたもの。

そして、巻き添えで無関係の人間が死ぬのも、ままあることだった。

アロハシャツのオークはヘラヘラ笑いながら、自販機をつま先で小突く。

「……ま、頭はきれいに潰《つぶ》れてるし、身元わかるもんだけ抜いとけば、ほっといても問題ねえか」

身元不明の遺体が見つかるのも、渋谷では珍しいことではない。

「つーわけでゴスケくんよぉ、ボスんとこ、戻ろうか」

アロハシャツのオークは、へたり込むゴスケの髪を鷲掴《わしづか》みにし、ドスを利かせて唸《うな》った。

ゴスケが追われている理由は、フードデリバリーのアルバイトで、大きな失敗を犯したからだった。

そのアルバイトの報酬は高額で、従業員が寝泊まりするための部屋もあてがわれ（ペラペラの布団だけ備え付けの三畳間ではあったが）、生活に困っていたゴスケにはうってつけだった。

しかし、たかだかフードデリバリーのアルバイトで、なぜそれほどまでに待遇が良いのか。

そんなもの、裏があるからに決まっている。

しかし世間知らずのゴスケは、そこまで考えが至らなかった。

そして裏があるとはつゆ知らず、アルバイトに精を出した結果、このザマだ。

ゴスケは今、その命をもって、失敗の尻拭《しりぬぐ》いをさせられようとしていた――。

「アー、あのさ、ちょっといい？」

不意に、声が割って入る。

ゴスケもオークたちも、声の方を振り向いて、唖然《あぜん》とした。

「は？」とオークが、「なんで……」とゴスケが、それぞれ戸惑いを漏らした。

なにせそこには、自販機に潰《つぶ》されたはずの青年が、平然と立っていたからだ。

傷一つなく、きれいな顔で、そこにいた。

青年は頭をガシガシと掻《か》きながら、オークたちに言う。

「こんな重いもん投げたりしちゃダメじゃん。普通に人潰れちまうから。あぶねえって」

そう、潰れてしまう。

現にさっき、この人は潰されてしまったはずだ。

なのに今、なぜか無事でいる。

意味がわからない。

状況を飲み込めない。

ゴスケもオークたちも混乱して呆《ほう》けていると、青年はにっと口の端《は》を持ち上げた。

「それにほら、自販機って電気製品なわけだからさ。感電とかしちゃうかもだし？」

おかしなことを言う。

電気製品とはいえ、投げ飛ばされた自販機は電源が抜けているため、感電の恐れなどないはずだ。

なのに。

路地の薄暗がりに、突如として眩《まばゆ》い閃光《せんこう》が爆《は》ぜた。

稲妻のようにバリバリと紫電がのたくって、オークたちに襲いかかる。

「ぐあ……っ！」

放電現象に見舞われて、オークたちは焦げ臭い煙を発しながらその場に崩れ落ちた。

それを見て青年は、「なー？」と嗜虐《しぎゃく》的に笑う。

ゴスケだけは電撃を免れて、なお混乱で尻餅《しりもち》をついたまま、青年を呆然《ぼうぜん》と見上げる。

一体、何が起こったのだろう。ゴスケにはさっぱりわからない。

そうこうしていると、騒ぎを聞きつけた野次馬たちが、ざわざわと裏路地に集まりだした。

青年は辺りを見回して、ばつが悪そうに顔をしかめる。

「……俺もお前らも、ちょっと派手にやりすぎたな。ハァ〜、めんどくせ。さすがにこれは警察沙汰《ざた》になりそうだ」

言いながら、青年はジャケットのフードを被《かぶ》った。野次馬から顔を隠すためらしい。

そしてゴスケに向き直り、人差し指でちょいちょいと誘う。

「おい、とりあえずここからずらかるぞ。ついてこい」

「え？ え？」

「こっちは厄介《やっかい》事に巻き込まれたんだ。事情くらい聞かせろ」

何が起きたのかわからない。

この人が誰かも知らない。

ただその口振りから、直感的に理解した。

この人は、自分を助けてくれたのだと。

この人は、自分が転んで真っ先に声を掛けてくれただけあって、優しい人なのだと。

そしてきっと、強いのだと――。

「あ、あ、そうッスよね！ すみませんッス！」

ゴスケは急いで起き上がり、こくこくと頷《うなず》く。

すると青年は踵《きびす》を返して駆けだした。

ゴスケもそのあとについていく。

「お前、名前は？」

「ゴスケッス！」

走りながら答えると、一拍の間を置き、青年もまた名乗った。

「俺はカゲチヨ。〝カレコレ屋〟の」

「……〝カレコレや〟?」

初耳の単語だったので、ゴスケは尋ね返す。

すると青年は――カゲチヨは軽く振り向いて言った。

「何でも屋だ」

ただでさえ裏路地の暗がりだ。さらにはフードも被《かぶ》っているせいで、カゲチヨの表情は読み取りづらい。

それでも、カゲチヨがニヒルな笑みを浮かべたのはわかった。

その口元に、月明かりを吸って鈍く光る、鋭い八重歯が覗《のぞ》き見えたからだ。

ch.1 カレコレ屋　渋谷支店

東京都渋谷区――言わずと知れた、若者の流行の発信地であり、日本有数の歓楽街でもある。異宙転生後もそれは変わらない。

むしろ、異宙人及び異宙文化の流入により、その街の特色をさらに進化・深化させ、不制御にして無軌道なまでの発展ぶりを見せた。

渋谷では当たり前の光景として、異宙言語の看板がそこら中に掲げられ、様々な異宙人が街を闊歩《かっぽ》し、上空ではドラゴンや怪鳥なんかが遊泳している。

その中心たる『センター街』を一本逸《そ》れ、北西に上がっていくと、落ち着いた雰囲気のエリアに入る。

雑居ビルが立ち並び、その中にはこぢんまりとした雑貨屋や喫茶店、レコードショップなどがぎゅっと詰まっている。

センター街に充満しているのは高揚感だが、こちらに流れているのは肩ひじを張らない、リラックスした空気感だ。

渋谷という土地柄か、やはり煩雑《はんざつ》ではあるものの、どこか人間味があり温かい。

このエリアの名は、『宇田川町』。

カゲチヨに連れられてゴスケがやってきたのは、その一角、坂道に建つ雑居ビルだった。

一階は、坂道の傾斜を利用してテラスが設けられた、中華風のカフェバー。

ビビッドなネオンの看板のもと、地球人も異宙人も分け隔てなく、楽しげに酒を酌《く》み交わしている。

二階はレコード屋だそうだ。

ズンズンという低音が漏れ聞こえてくる店先では、店主らしき男と、バカでかいキャリーバッグを引いた異宙人が談笑している。

渋谷は中古レコードの聖地で、異宙の他の星からもバイヤーが買い付けに訪れるのだとか。

そんな光景を横目にしながら、カゲチヨとゴスケは階段を上がってビルの三階へ。

三戸あるうちの一番奥の扉に、カゲチヨは鍵を差した。

「看板は掲げてないけど、一応ここがカレコレ屋の事務所。——つっても本拠地は別にあって、ここはまぁポップアップストアみたいなもんだな」

上がれよというジェスチャーとともに、カゲチヨが中へ入っていくので、ゴスケもそのあとに続く。

事務所とはいうが、間取りや内装はごく普通のアパートといった趣《おもむき》だ。

応接間として通されたリビングダイニングキッチンには、対面式のソファとローテーブルが設えられ、事務所としての体裁が一応は整えられている。

しかしキッチンに置かれた食器類や、テーブルに積まれた漫画などを見るに、生活感のほうが色濃い。

ソファには猫のかわいらしいクッションなんかも置かれているが、これはカゲチヨの趣味なのか、はたまたこの事務所に出入りしている女性もいるのか。

疑問に思いながらも、ゴスケはソファに腰を下ろす。

「何か飲むか？　水か、お茶か、トマトジュースか」

冷蔵庫を漁《あさ》りながら、カゲチヨが尋ねてくる。

「あ……いえ、全然、お構いなくッス！」

ゴスケは遠慮しておいた。

オークたちから逃げ回っていたせいで、実はのどがカラカラだ。

しかし危ないところを助けてもらった上に、飲み物までもらってしまうのも気が引ける。

カゲチヨはチラッとゴスケを一瞥《いちべつ》し、「そうか」と相づちを打って、自分の飲み物を用意し始めた。

その姿を、ゴスケは改めて観察する。

薄暗い裏路地ではわかりづらかったが、明るい室内で見るカゲチヨは、思いのほか目つきが鋭い。

おまけに三白眼なのに加え、喋《しゃべ》り方も気だるげなので、いささか威圧感を覚える。

（……あれ？　ホイホイ付いてきちゃったッスけど、もしかしてカゲチヨさんも怖い人なんじゃないッスよね……？）

オーク三人を撃退してくれたのはすごいし、ありがたい。

しかしあの電撃も、自販機に潰《つぶ》されたはずなのにケロッとしているのも、依然として不可解な現象で、得体の知れない男には違いない。

今になって、じわじわ不安になってきた。

すでに一度、悪い大人に騙《だま》されているだけに、不用心なゴスケもさすがに警戒心が頭をもたげる。

ややすると、カゲチヨがキッチンから戻ってくる。

その手には、湯呑みを二つ持っていた。

「無理して飲まなくてもいいけど、淹《い》れすぎちまったからさ」

言いながら、湯呑みの一つをゴスケの前に置いた。

「あ、ありがとうございますッス……」

（……毒とか入ってないッスよね……？）

一瞬、そんな考えが脳裏をよぎる。

しかし、せっかく出された飲み物に手を付けないのは失礼だ。

それに、対面に腰掛けたカゲチヨは、普通に湯呑みをすすっている。毒は入っていないのだろう。

ゴスケは意を決して、湯呑みを口へ運んだ。

中身は緑茶。

味に不審なところはない。むしろ美味い。香りもいい。

それに何より、ぬるい。冷まさずともごくごく飲めてしまうぬるさで、のどが渇いていたゴスケにはありがたかった。

そういえば、心なしか湯呑みのサイズも大ぶりで、水分補給には申し分ない。

「……美味しいッス」

社交辞令ではなく、本心だ。

カゲチヨが淹《い》れてくれたお茶は、身と心に深く沁《し》みる。

淹れすぎたからとカゲチヨは言ったが、遠慮している自分に気を回してくれたのだろう。

よかった、やっぱりいい人だ——ゴスケはほっと胸をなでおろした。

カゲチヨへの疑いの気持ちが晴れて、一気にお茶を飲み干した。

その飲みっぷりに、カゲチヨは頬を緩め、急須からまたお茶を注いでくれる。

そして、テーブルのお菓子入れもゴスケの方に寄越す。

「な。この茶菓子もうめえから食べてみ」

「いただきますッス！　——あ、ホントだ！　美味しいッス！」

「ああ」

のどが渇いていただけでなく、腹も減っていたことにゴスケは気付く。

そうして貪《むさぼ》るようにお菓子を食べていると、不意に、玄関扉がガチャリと開いた。

「ただいまー」

若い女性の声。

玄関の方を見ると、青いショートカットの少女がいた。

着物風の服を着ていて、年頃は一七前後——女子高生くらいだろうか。

そのルックスは、誰が見ても美少女と称するだろう。

頭には角が二本生えているので、異宙人だろうか。

あのお姉さん、誰ッスかねぇ……そんなゴスケの心の声が、表情から漏れていたらしい。

カゲチヨが言う。

「あいつはヒサメ。カレコレ屋の仲間だ」

青い髪の少女ヒサメは、応接間に入ってくると、ゴスケに笑顔を浮かべて会釈した。

「こんばんは。ヒサメです」

その笑顔や声音、所作などから、明るくて真面目な人柄が伝わる。

ゴスケも自分の名を言いながら会釈を返すと、ヒサメはカゲチヨに胡乱《うろん》な目を向けた。

「ちょっとカゲー？　さっきのオークたち、何だったの？　またカツアゲされてた？」

「またってなんだよ、ヒサ……。渋谷に来てからまだ一二回しかカツアゲされてないですし……」

「うわ、知らない間に回数増えてる！　前は五回だったのに！　三日に一回くらいカツアゲされてるじゃん。もしかしてカゲチヨのカゲって、カツアゲの略？　カツアゲチヨ？」

「変なあだ名つけないでくれる？」

カゲチヨとヒサメ、二人のやり取りからは、気心知れた関係性がうかがえる。

ヒサメが先ほどゴスケに見せた笑顔も、社交的なものだったのだろう。今カゲチヨに向けている呆《あき》れた表情こそ、自然体のように見える。

……それにしても、オークたちをあっさり撃退したはずのカゲチヨが、カツアゲの被害に遭いまくっているというのは一体どういうことなのだろうか。

そもそもなぜ、ヒサメはオークたちとのことを知っているのか。

疑問に思うも、余計な口は挟まず、ゴスケはなりゆきを見守る。

「てか今回はカツアゲじゃねえから。なんか急に自動販売機投げつけられたんだ。……いや、投げつけられたのはコイツなんだけど、全然無関係の俺に当たってさ。超とばっちり」

「うわ。運悪《うんわる》ー……」

カゲチヨに指さされ、恐縮するゴスケ。

カゲチヨを巻き込んでしまったことは、ゴスケとしても心苦しい。

そしてヒサメの口振りからするに、カゲチヨが不運なのは今に始まったことではないらしく、それがまた申し訳なさに拍車をかける。

ゴスケが肩を縮こませる一方で、ヒサメは小さくため息をつき、カゲチヨに尋ねた。

「けどじゃあまぁ、やっちゃって大丈夫だったんだよね？」

ヒサメのこの問いかけの意味を、ゴスケはまだ、理解できない。

種を明かせば、オークたちを撃退したのは実はヒサメであったのだが、そのことをゴスケが知るのはもう少しあとになる。

だからヒサメはカゲチヨにそう尋ねたのだが、

「……多分？」

カゲチヨは小首を傾《かし》げる。

「多分って……」

「いや、俺も事情はよくわかってねえからさ、これから聞こうと思って」

そしてそう言いながら、カゲチヨはゴスケに目線をやる。

「そ」

ヒサメも頷《うなず》いて、カゲチヨの隣、ゴスケの斜向《はすむ》かいに腰を下ろした。

小さく咳払《せきばら》いをして、カゲチヨが軽く身を乗り出す。

和やかだった空気が、ピリッと引き締まる。

「さて、ゴスケ？　あいつらはどこの誰だ。なんで追われてたんだ？」

改めて問い質《ただ》され、ゴスケもまた背筋を伸ばす。

そして順を追って話し始めた。

あのオークたち三人に、命を狙《ねら》われるまでのあらましを——。


事の始まりは、ゴスケが独り立ちするために、岐阜県の片田舎から渋谷へ出てきたことだった。

渋谷に、何かツテがあったわけではない。

ただ、日本有数の繁華街であることは知っていたし、ヒッチハイクで拾ってもらったトラック運転手のあんちゃんも「あそこにゃ人も物も集まるから、とりあえず仕事には困らないんじゃないか？」と言っていた。

その言葉を信じて、渋谷を目指したのだった。

しかしいざ渋谷へ来てみても、金もコネも住所もないゴスケを雇ってくれるところはなかなか見つからない。

また、見るからに少年であるというのも、働き口のハードルを上げた。

それで結局は、ホームレス生活を余儀なくされた。

しかし一週間ほど経った頃、高架下で段ボールにくるまって寝ていたら、突然、例のオーク三人組に声を掛けられた。

アルバイトをしないかと。

聞けば、原付バイクを使ったフードデリバリーだという。

飲食店でテイクアウトメニューを受け取り、専用の保温袋に入れて、その保温袋ごと客に配達する。

ごくごく一般的なアルバイトだ。

しかし提示された条件は、世間一般的に見ても破格の高待遇だった。

報酬は高額で、従業員が寝泊まりできる個室もあてがわれる。

ホームレスだったゴスケに、断る理由などなかった。

しばらくは何事もなく順調だった。

原付きバイクも、地図アプリの入った端末もオーク三人組が貸し出してくれたし、無免許運転であることも目をつぶっていてくれる。

きっちり宿代は引かれていたものの、給料もその日払いで出してくれる。

裸一貫で渋谷にやってきたゴスケにとっては、申し分のない労働環境だった。

それが今日、一変した。

夕方、ゴスケに出動命令が出た。

恵比寿のとあるマンションへの、イタリアンの配達だった。

指定されたイタリアンレストランへ行き、受け取ったテイクアウトメニューを専用の保温袋に入れて、荷台のリアボックスに収めて運ぶ。

いつも通りの仕事。

何の問題もないはずだった。

しかし、スクランブル交差点に差し掛かった時、不運に見舞われた。

ゴスケの原付の前に、突然、一人の女がフラッと飛び出してきたのだ。

金髪で、黒いコートを着た女。

ゴスケはその女を避《よ》けようとして、慌ててハンドルを切り、バイクごと転倒。

そこから、不運が連鎖した。

転倒したゴスケを避けようとして、後続車もまた急ハンドルを切り、コントロールを失って、地下道シェルターに突っ込んでしまった。

そして燃料タンクから漏れたガソリンが、エンジンルームの熱を受け、大炎上。

幸い、乗員は無事のようで、運転席と助手席から慌てて男たちが出てきたが、現場は一時騒然となった。

それだけでもかなりマズい状況だ。

しかし、ゴスケの不運はそれだけに留まらない。

炎上する車に唖然《あぜん》としていたゴスケは、はっと我に返る。

道に飛び出してきた女は無事だろうかと。

辺りを見渡すと、女は無事だった。

転倒した原付バイクの傍らに立っていた。

それにホッとしたのも束の間、その女は周囲の炎上騒ぎなど見向きもせずに、つぶやいた。

「これ、クスリじゃん」

女の足元には、ゴスケが運んでいた荷物が散乱していた。

転倒した際に、リアボックスの蓋が開いてしまったらしい。

フードを入れる保温袋から、ピザとパスタが無惨にも飛び出している。

そしてその他に、カラフルな錠剤が散らばっていた。油紙の小包の一部が破け、そこからこぼれ出たものらしかった。

見る者が見れば、その錠剤の正体は一目瞭然。

心身を蝕《むしば》むのと引き換えに快楽を得ることができる、違法薬物だ。

フードを入れる保温袋には隠しポケットがあり、違法薬物が入った小包は、そこに収まっていたものらしかった。

ここでようやく、すべてが繋《つな》がった。

なぜ、ただのフードデリバリーが、こんなにも高待遇なのか。

答えは、ただのフードデリバリーではなく、違法薬物を配達する闇バイトであったからだ。

そして、自分が危ない世界に片足を突っ込んでしまったことに気付いたときには、後の祭り。

女は違法薬物の詰まった小包を拾い上げると、なんとそのまま駆けだしていってしまったのだ。

さらには炎上する車から、車の持ち主らしい男が二人、怒鳴りながら向かってくる。

どちらも強面《こわもて》で、着ているスーツもビジネスマンのそれではない。

どうやらこの車、そのスジの人間のものであったらしい。

横取りである。

ゴスケは慌ててバイクを起こして、逃げた。

寝泊まりしている雑居ビルへ戻り、自分の雇い主であるオークたちに、助けを求めた。

しかし、オークたちが助けてくれるはずもなく……むしろゴスケは、追われる身となってしまった。


「——というわけッス……」

これまでの経緯を話し終え、ゴスケはがっくりと肩を落とした。

第三者に話すことで、自分が今、いかに厄介《やっかい》な状況にいるかを痛感してしまい、落ち込まずにはいられない。

そしてゴスケの話を聞いて、カゲチヨは呆《あき》れたようにため息をつき、ヒサメはあんぐり口を開けていた。

「あの炎上騒ぎ、お前が原因かよ……」

「消防車とかすごい集まってきて、結構な大事《おおごと》になってたよね」

どうやら二人とも、スクランブル交差点での騒動について知っているらしい。

ヒサメはゴスケの話に、狼狽《ろうばい》するやら同情するやらといった様子だ。

しかしそれとは対照的に、カゲチヨはどこか冷めた目でゴスケを見やる。

「要するに、闇バイトに手を出した挙げ句へマやって、その責任を取らされそうになってるってことか。怖い大人たちに」

ゴスケはブンブンと首を縦に振る。

自分の拙《つたな》い説明でも、状況をきちんと把握してくれたことがありがたく、頼もしい。

きっと親身になって相談に乗ってくれるだろうという期待も、自然と湧き上がる。

しかし、

「説明あんがとさん。んじゃ、そのお茶飲んだら出てけ。逃げ切れることを陰ながら祈ってるわ」

カゲチヨはひらひらと手を振って、ゴスケの退出を促すのだった。

助けてもらえるのではという期待があっただけに、ゴスケは少なからず動揺する。

そしてそれは、ヒサメも同じらしい。

「ちょ、カゲ!?」

「なんだよ」

「ほっとくつもり?」

ヒサメはカゲチヨに、非難めいた視線を送る。

しかしカゲチヨは、耳をコリコリ掻《か》きながら「自業自得《じごうじとく》だしなぁ」とぼやいて、ヒサメの非難など歯牙《しが》にもかけない。

それどころか、カゲチヨはまっすぐヒサメを見返して、言い放つ。

「若かろうが世間知らずだろうが、勉強代は高くつく……そういう街だろ、ここは」

その声音に、ヒサメをたしなめるような響きはない。

むしろ、やるせなさが滲《にじ》む。

するとヒサメも、カゲチヨの言葉に心当たりがあるのか、「それは、そうかもだけど……」

と口ごもる。

しかし、優しい心の持ち主なのであろう。

それでもヒサメはゴスケを見放せないようで、ゴスケに問いかけてくる。

「ゴスケくん、お父さんとお母さんは?　まずはご両親に相談できないかな?」

至極真っ当な意見だ。

けれどゴスケは、首を横に振る。

「あ、自分、両親っていうのが元々いなくて……。親代わりにお世話してくれてる人たちはいたんスけど、その人達もちょっと前に死んじゃって……。それで、身寄りも行くあてもなくて、とりあえず渋谷に出てきたんス……」

「そうなんだ……」

そもそもゴスケが、独り立ちを余儀なくされた理由――それは、身寄りを亡くしたからにほかならない。

ゴスケの身の上の不幸を知り、ヒサメは同情の眼差しをゴスケに注ぐ。

そしてそれから、再度非難めいた視線をカゲチヨに向けるのだった。

「だってさ、カゲ。別に、『遊ぶお金欲しさで闇バイトに手を出しましたー』とか、そういうタイプの子じゃないみたいだよ」

どうやらカゲチヨは、ゴスケがそういうタイプなのだろうと邪推《じゃすい》していたらしい。

ヒサメに言われて、カゲチヨはばつが悪そうに口を尖《とが》らせる。

「……だからなんだよ。身寄りがいない、亡くした……それくらいは今どきよくあることだろ。――あーあー、世知辛い世の中だなぁ！　こんな世の中じゃなかったら、今頃俺、友だち一〇〇人いたのになー！」

「どんなに平和な世の中でもカゲは友だち一〇〇人できないと思う。五人以上増えたらもうめんどくさくなって縁を切っていきそう」

「おぉ……さすがヒサ、俺以上に俺のことわかってんな……。たしかに俺そういうタイプだわ……」

「うんうん。縁は大事にしないとね。――それで？」

「……それでって言われてもな」

カゲチヨは軽口を叩《たた》いて有耶無耶《うやむや》にしようとしたらしいが、ヒサメはそれを見抜いて食い下がる。

ヒサメとしては、ゴスケを何とかしてやりたいという気持ちが強いようだ。

そしてカゲチヨも、やぶさかではないように見える。

それでもカゲチヨは首を縦に振らない。

頭をガリガリと掻《か》いて言う。

「つーか、ヒサだって話聞いててわかったろ？　コイツがしてた闇バイトのバックには、十中八九、異宙人マフィアがいる。おまけに炎上させた車、ありゃあ陸王会のだ。界隈じゃすっかり話題になってるよ」

「陸王会……？」

初耳の単語にゴスケが反応すると、カゲチヨはため息交じりに答えた。

「渋谷の老舗任侠《しにせにんきょう》団体、要するにヤクザ」

ゴスケも薄々感づいてはいたが……状況は最悪のようだ。

　ゴスケが肩を落とす一方で、カゲチヨの表情も鋭さを増す。

「異宙人マフィアに陸王会、ツーアウトの激ヤバ案件だ。下手に首突っ込んだら、俺たちまでこの街で動きづらくなる。……俺たちがなんのために渋谷に出張ってるのか、忘れてないよな？　ヒサ」

「それは……忘れてないけど……」

　そしてカゲチヨのこの一言には、ヒサメも言い返すことができない。

　カゲチヨもヒサメも、とある重大な目的があって、本拠地を離れ渋谷で臨時営業することとなった。

　その目的の支障となるようなトラブルに、関わるべきではない。

　……そういった事情の、全てを理解したわけではない。

　しかしおぼろげながら、なんとなく、カゲチヨとヒサメのやり取りを見て、ゴスケは痛感した。

　自分は、この二人にとって厄介者《やっかい》にほかならないことを。

　だから、ゴスケはお茶を一気に飲み干して、食べかけのお菓子も口に放り込んだ。

「……あの、ご迷惑をおかけしたッス。お茶とお菓子、ごちそうさまでしたッス」

　そして早々に、ソファから立ち上がった。

「え」とヒサメはまごついて、ゴスケを引き止めたそうにする。

しかしゴスケはヒサメに、そしてカゲチヨに、笑顔で頭を下げた。

「さっき助けてもらっただけでも、十分すぎるご恩ッス。ありがとうございましたッス」

この笑顔も言葉も、強がりではない。ましてや当てつけでもなんでもない。

ゴスケの本心で、自然とこぼれ出たものだった。

助けてくれないからと、この二人のことを逆恨みする気持ちなど微塵《みじん》もない。

ただただ、いっときでも情をかけてくれただけでありがたい。

そんな思いのこもったゴスケの一礼に、カゲチヨは「おう」と一言返す。

そして部屋を出ていこうとするゴスケを見送って——その背中に呼びかける。

「アー、ゴスケ」

「はい？」

「さっきみたいな路地は使うな。かえって目立つ。大通りの人混みに紛れて逃げろ」

ゴスケが振り向くと、カゲチヨはそんな助言をくれた。

「え、あ、はいッス！　了解ッス！」

「あと、そのボロボロの服も目立つな。ちょい待ち」

さらにはごにょごにょつぶやきながら、応接間と間仕切りで繋《つな》がっている隣の部屋へ。

そして戻ってきたカゲチヨの手には、一着のフルジップパーカが。

「これやるから着てけ。多少は変装になるだろ」

そのパーカを、カゲチヨはゴスケに投げて寄越した。

カゲチヨとゴスケは身長差がそこそこあるので、パーカのサイズもゴスケにはやや大きめだ。

しかしそのおかげで、自前の服を覆い隠せるので、たしかに変装道具にはピッタリ。

「…………」

パーカを広げたまま、ゴスケは言葉をなくす。

助けを求めることは難しかった。けれどこうして、施しをくれた。

そんなカゲチヨの気遣いが、優しさが身にしみて、ついつい立ち尽くす。

するとヒサメが言う。

「こらカゲ！　なにカッコつけながらボロ布を押し付けてんの！　ゴスケくん、固まっちゃったじゃん！」

「いやそれボロ布じゃねえから！　ちゃんと一軍の服だから！　……てか、え、待って、これボロ布に見える？　マジ？　俺、一軍の服だと思いながらボロ布纏《まと》ってた？」

不安げな表情を浮かべるカゲチヨ。

助け舟を出すように、ゴスケは慌ててパーカを羽織った。

「とんでもないッス！　すごくかっこいい服ッス！　こんなの頂けちゃうなんて感謝してもしきれないッス！」

「だよな」

「……ゴスケくん、その服ニオイは大丈夫？」

「おい、失礼だぞヒサ」

「ニオイ？　え、あ、…………………………大丈夫ッス！」

「あれ？　間があった？　何の間だ？　言ってみ？　……俺のためにも正直に言って……消臭剤買ってくるから……」

「いえ、全然ッス！　大丈夫ッス！」

しょげるカゲチヨをフォローしながら、ゴスケは同時に、居心地のよさを感じていた。

他愛もない会話や、この二人の空気感は、ひたすらに優しくて、穏やかで、ついつい長居してしまいたくなる。

だからこそ、その名残惜《なごり》しさを振り切るように、ゴスケは口早に別れを告げた。

「本当に何から何までありがとうございますッス！　このご恩は一生忘れないッス！　では、失礼するッス！」

そして半ば逃げるように、カレコレ屋の事務所をあとにした。

パーカのフードを深く被《かぶ》って、夜の渋谷へ溶け込んだ。

▼

カレコレ屋の事務所を後にしてから二〇分ほど。

ゴスケはカゲチヨの忠告に従い、人混みに紛れられる大通り――ではなく、人気《ひとけ》のない雑居ビル郡の裏路地にいた。

そして路地の角からこっそりと、とある雑居ビルのほうを覗《のぞ》き見ていた。

そこは、ゴスケが寝床としてあてがわれていた雑居ビルだ。

雑居ビルの前には、例のオークたち三人が屯《たむろ》して、何やら話し合ったり電話をかけたりと忙《せわ》しない。

「――おい」

「うわっ！」

背後から突如声を掛けられて、ゴスケは飛び上がる。

すると口元を手のひらで覆われて、壁に押さえつけられてしまう。

「声出すなバカ」

襲われたのかと思い、ゴスケは抵抗しかけた。しかし振り返ってみると、そこにいたのはカゲチヨだ。

危機感から一転、安堵《あんど》感が押し寄せて、ゴスケは盛大に脱力する。

それを見て取り、カゲチヨもゴスケを抑える力を緩める。

「俺、『大通りの人混みに紛れて逃げろ』って言ったよな？　お前も『了解ッスー！』とかめっちゃいい返事してたよな？　なのに、なにこれ？　なんで真逆なことしてんの？　『あいつイケてねーから逆張りしたろ！』ってこと？　泣くぞ？」

「いえいえ！　とんでもないッス！　カゲチヨさんが正しいことは重々承知ッス！」

「じゃあなんでこんなとこ来たんだよ……。アイツら、さっきのオーク共だろ」

カゲチヨはそう言って、オークたちのいるビルの方を顎《あご》でしゃくる。

カゲチヨは怪訝《けげん》な表情だが、しかし、カゲチヨの忠告に反してまでここへ来る理由が、ゴスケにはあった。

「あのビルに寝泊まりしてたんスけど、自分の荷物があるんで取りに行こうかと……」

「おいおい……」

「荷物の中に、形見が入ってるんッス。自分を世話してくれた人の……大切な人の……」

「…………」

「それだけは、どうしても取り戻したくて……」

形見とは、写真だ。

大切な人との繋《つな》がりを形に残した、唯一の思い出の品だ。

それを諦めて渋谷を去ることは、ゴスケにはできなかった。

ゴスケが釈明すると、呆《あき》れた様子だったカゲチヨの表情が変わる。

腑に落ちたような、けれどもどかしそうな、複雑な面持ちでカゲチヨは言う。

「……あのビルに忍び込んで、オーク共に見つかることなく荷物を回収してくるなんて、現実的に考えて無理だ。てかそもそもお前の荷物、多分あのビルにはもうないぞ。中身漁《あさ》られて捨てられてるか、押収品として闇バイトの胴元の手に渡ってるかだな」

「そんな……！」

残酷な予測を突きつけられて、ゴスケは愕然《がくぜん》とする。

では、どうしたらいいのだろう。どうすれば形見を取り返せるのだろうと、露骨に狼狽《ろうばい》する。

そんなゴスケを見て、カゲチヨは大きくため息をついた。

「……ハァ〜……つくづく仕事に困らない街だな、渋谷は……次から次にトラブルが舞い込んで……」

そしてズボンの尻ポケットから。名刺入れを取り出す。

「ん」

カゲチヨはその名刺入れから名刺を一枚、ゴスケに差し出した。

ゴスケはおずおずとそれを受け取る。

「これは……」

カレコレ屋の名刺だった。

カレコレ屋の屋号とともに、カゲチヨの名前と連絡先が記載されている。

それとカゲチヨの顔を交互に見やると、カゲチヨは頭をガシガシ掻《か》いた。

「言ったろ。俺たちは、何でも請け負うカレコレ屋だ。依頼人の願いを叶《かな》える商売だ。代金はひとまずツケで構わねえ。落ち着いたら、真っ当なバイトをして払ってくれりゃいい」

ぶっきらぼうで、めんどくさげ。おまけに持って回った言い方だ。

けれど、言わんとしていることは明快だ。

カゲチヨにもこの街には目的があって、明らかにその目的達成のためには自分は厄介《やっかい》者なのに、それでも手を差し伸べようとしてくれるのか。

「どうする？」

カゲチヨに問われ、ゴスケは言葉をつまらせる。

胸が震える。

「お願いして、いいッスか……？」

いい人たちだからこそ、迷惑をかけてしまうことが心苦しい。

自分自身で問題を解決できない弱さや無力さが不甲斐《ふがい》ない。

そんな後ろ向きな気持ちもあれど、それでもゴスケは、縋《すが》るほかない。

「この状況をなんとかしたいッス……！　それで、もしまだ捨てられてなかったら、形見を取り戻したいッス……！」

ゴスケは深々と頭を下げて、カゲチヨに助けを乞《こ》い願った。

それをカゲチヨは、ふっと笑った。

「了解。その依頼、カレコレ屋が請け負った」

それは蔑《さげす》むでも、見下すでもない。

迷惑そうな、困った笑みでもない。

不敵で心強くも、温かい笑み。

かくしてゴスケは、カレコレ屋の世話となることになった。

幕間の夢　1

ふと気がつくと、柔らかく、温かい感触に包まれていた。
意識はまだぼんやりとしている。
けれど、

「――ゴスケ！　このこのおなまえは、ゴスケ！」

不意に降ってきたその舌足らずな声は、半覚醒の意識にも深く染みた。
幼い女の子の、はしゃぐ声。
ああ、そうか。
全身を包む、柔らかくて温かい感触は、この子の腕の感触か。
そう認識したところで、また別の声が降ってくる。

「ゴスケ……ゴスケか。いい名前だね。大事にするんだよ。そうすればきっと、リコのことを護《まも》ってくれたり、助けてくれたりするようになるよ」

落ち着いていて、どこか気品を感じさせる、男性の声。この女の子の父親だろう。

そしてどうやら女の子の名は、リコというらしい。

「うん！　いつもいっしょにいるようにする！　アメの日も、はれの日だって、いつもいっしょ！」


リコは、父親の言いつけに胸を躍らせている。

遠心力を感じるのは、リコが自分を抱いてくるくると回っているからだろう。

あぁ、目が回る、目が回ると思っていたら、段々と視覚が覚醒してきた。

ぼんやりとしていた視界が、徐々に鮮明になっていく。

世界が色づき、輪郭で象《かたど》られていく。

そうして目の前に現れたのは、幼い女の子の――リコの満面の笑みだった。


「よろしくね、ゴスケ！」

それが、ゴスケに物心がついたときの、最初の記憶だった。

ch.2 空中のアンダーグラウンド

明くる朝、ゴスケはカレコレ屋の事務所で目を覚ました。

応接間にあるソファが、ゴスケの即席の寝床だった。

ソファとはいえ、闇バイトで用意されていたペラペラの煎餅《せんべい》布団とは比べ物にならない寝心地のよさだ。

おまけに、頼りになる人たちに匿《かくま》われているという安心感も手伝ってか、深い眠りにつくことができた。

起こした体が軽く、頭も冴えている。

その分、見た夢の内容を思い出せない。なんだか懐かしいような、泣きたくなるような夢だった気がする。

「おはよう、ゴスケくん。よく眠れた?」

声のしたキッチンのほうを振り向くと、ヒサメがエプロン姿で立っていた。

朝食の準備でもしていたのだろう。

ゴスケは立ち上がり、ぴしっと背筋を伸ばしてお辞儀する。

「おはようございますッス！　おかげさまで闇バイトの宿よりも断然寝心地よかったッス！」

「ならよかった」

ゴスケのバカ丁寧《ていねい》な挨拶《あいさつ》がおかしかったか、ゴスケの熟睡っぷりを喜んでくれてか、ヒサメはくすくすと笑う。

「改めまして、これからしばらくよろしくね。……あとカゲチヨのほかにカレコレ屋にはもう一人いるんだけど、今ちょっと仕事で本拠地のほうに戻ってるから、また今度紹介するね」

「ウッス！」

昨晩は、カゲチヨに連れられ事務所に戻ってきてすぐに寝てしまったから、あまり話はできなかった。

なのでカレコレ屋についても知らないことだらけで、もう一人メンバーがいるというのも初耳だ。

一体どんな人だろう。

それも気になるし、今後の動きも気になるところ。

なのでカゲチヨと話をしたいが、姿が見当たらない。

「カゲチヨさんは……」

「朝が苦手だから、まだ寝てるんでしょ」

肩を竦《すく》めるヒサメ。

どうやら話を進めるには、もう少し時間がかかりそうだ。

「朝ごはん食べる?」

「いただきますッス!」

「うん。ちょっと待っててね」

腹が減ってはなんとやら。

逸《はや》る気持ちを抑え、ひとまずは腹ごしらえをさせてもらおう。

ゴスケが元気よく返事すると、ヒサメは鼻歌交じりで朝ごはんを作り始める。

ゴスケからすると、ヒサメはしっかり者という印象が強いため、エプロンをしてキッチンに立つとなおさら「仕事のできるお姉さん」という感じがしてかっこいい。

だからこそか、ヒサメについつい尋ねてしまう。

「……あの、迷惑じゃなかったッスか?」

「なにが?」

「いや、依頼しておいてなんなんッスけど、自分みたいな厄介者《やっかいもの》が転がり込んできて……」

昨晩のカゲチヨとヒサメの会話を思い出す。

ヒサメはゴスケのことを助けようと、カゲチヨに働きかけてくれていた。

しかし「渋谷に来た目的」の話を持ち出されると、苦しげにトーンダウンしていた。

それだけ、ヒサメにとってもその目的とやらは大事だということだろう。

結局、昨晩はゴスケも追い詰められていて、カゲチヨの厚意に甘えることになってしまったが……一夜明けて冷静になると、やはり気がかりを覚える。

助けてもらえるのはありがたい反面、カゲチヨ達がいい人だからこそ、その邪魔はしたくない――。

しかし、そんなゴスケの不安を、ヒサメは明るく笑い飛ばす。

「平気平気！　むしろ、ゴスケくんみたいに困ってる人たちのためのカレコレ屋だもん！――よっと」

ヒサメが軽やかにフライパンをあおる度に、ジュワッ！　ジュワッ！　と美味しそうな音がする。

「カゲチヨも口ではあんな調子だけどさ、本心ではゴスケくんの力になりたいって思ってたんだよ。昨日だって、ゴスケくんがちゃんと渋谷から逃げ切れたかどうか見届けるために、こっそりあとを追ってたんだから」

「あ……そっか。それで……」

言われてみれば、形見を取りに戻ったゴスケの前に、なぜカゲチヨが現れたのか……ヒサメによれば、それもまたカゲチヨなりの思いやりだったようだ。

改めて、その面倒見のよさには頭が下がる。

「私も力になるから、がんばろうね」

「はいッス！」

「さ、できた！　食べよ！」

自分に何ができるかはわからない。

けれど、やれるだけのことはやろう。

ゴスケはそう心に決めた。

「はい、召し上がれ」

「ありがとうございますッス！　いただきま――うっ……!?」

ゴスケの前に、皿やボウルが運ばれてくる。

さぁお腹を満たしてがんばろうと意気込んだばかりだったが……ゴスケは出されたその朝食を見て、固まった。

ヒサメのエプロン姿はシャンとしていた。

手際も一見、良さそうに見えた。

調理の音も美味しそうに聞こえた。

なのに、実物ときたらどうだ。

『朝食』として出されなければ食べ物だとは気づかないような、とんでもなく毒々しい見栄えの料理だった。

「これは……なんッスか？」

おそるおそる、ゴスケはプレートの料理を指差して尋ねる。

ヒサメはにこやかに答えた。

「見た通りだよー。スクランブルエッグ」

（見た、通り……？）

ゴスケは内心で首を傾《かし》げ、眉《まゆ》をひそめる。

スクランブルエッグって、黄色ッスよね……？　なんでこれは紫色なんスか……？

あとなんでこんなにカチコチの固形なんスか……？

「……えっと、こっちは……」

「ピザトースト！」

自信作なのか、ヒサメはふふんと胸を張る。

しかしこのピザトースト（と、ヒサメが主張する物体）は……黒い。とにかく黒い。普通の黒よりも遥かに黒い。ありとあらゆる光を吸収しているかのような圧倒的な黒さ。皿の上にブラックホールが出現したかと見紛う代物がそこにある。

ゴスケは恐れおののきつつ、サラダボウルを覗《のぞ》き込む。

「……これは、サラダ……？」

「え？　もちろん」

なんでそんな当たり前のことを聞くの？　とばかりにキョトンとするヒサメ。

しかし、生のブロッコリー単体がそのまま出てきたら、サラダかどうか疑いもする。

せめて火は通してほしい。

ゴスケがごくりと生唾《なまつば》を飲むと、ヒサメはウキウキした様子でキッチンへ。

「デザートもあるからね」

そしてキッチンから戻ってきたヒサメは、手にヨーグルトのパックを持っていた。

それを見てゴスケはひそかにガッツポーズ。

パックに入ったヨーグルトである。すなわち市販品である。

よかった！　まともな食べ物だ！　助かった！

ゴスケは命拾いしたとばかりに、ヨーグルトに飛びついた。

……そして、絶望した。

パックの中を除いてみると、ヨーグルトの中に、得体のしれない青いブツブツが散布されていた。

「ひと手間加えてみました」

自慢げなヒサメ。

余計な真似を！　……とは、口が裂けてもゴスケには言えない。厄介《やっかい》になってる身なのだから。

そして、これらを食べないわけにもいかない。

なにせ、せっかくヒサメが用意してくれたものなのだから、その厚意を無下にはできない。

それに、見栄えがちょっとアレなだけで、もしかしたら食べたら美味しいという可能性もゼロではない。

「…………」

ゴスケはごくりと生唾を飲んで、腹をくくる。

「い、いただきますッス……！」

そして、「実は美味しい」という一縷《いちる》の望みにかけて、紫色のスクランブルエッグを思い切って頬張った。

「!?」

一縷の望みは即座に潰《つい》え、絶望《ゲキマズ》が腔内を駆け巡った。

辛いとか、苦いとかではなく、惨《むご》い。

劇物でも食べたのかと思うほどに、舌が痺《しび》れ、歯茎が疼《うず》く。

これを摂取するのは危険だと、胃袋が拒絶反応を示し、吐き気がせり上がってくる。

もはやこれは、食べる拷問。

とはいえ吐き出すわけにもいかず、ゴスケは身悶《みもだ》える。

「～～～っ！　……うぐぉ……っ！」

「え、え、うそ、ホントに？　……そんなに美味しい!?」

あまりにも美味しすぎて感動に身を震わせているだとか、言葉にならないだとか、そういうリアクションだと思われているようだ。ヒサメは目をキラキラさせながら息を呑む。

このリアクションを見て、そんな解釈をしてしまうヒサメが怖い。

しっかり者かと思いきや、とんだ危険人物だった。

ゴスケはどうしたらよいかわからなくなり、助けを求めて視線を彷徨《さまよ》わせる。

と、ふと目が合った。

応接間と、間仕切りのスライドドアで隔てられている隣部屋。

さっきまではぴっちりそのスライドドアは閉まっていたはずなのに、気付けばすこーしだけ隙間が開いていた。

そしてその隙間から、こちらを覗《のぞ》き見する視線があった。

「…………」

そう、カゲチヨである。

(カゲチヨさん、めっちゃ起きてるッスー！　こっそりこっち見てるッスー！)

カゲチヨは息を潜め、存在感を消し、朝食やゴスケの身悶《みもだ》えする姿を窺っている。

(いやいや、見てないで助けてほしいッス！)

ゴスケはアイコンタクトでカゲチヨにＳＯＳを出した。

カゲチヨとはバッチリ目が合って、そのＳＯＳも受け取ってくれたはずだ。

なのに、

「…………」

カゲチヨは無言で小さく首を横に振ると、そのままそーっと、スライドドアを閉めてしまった。

(に、逃げたッスね!? カゲチヨさ――ん!)

「遠慮しないでじゃんじゃん食べてね、ゴスケくん! おかわりはまだまだあるから!」

そしてヒサメが純真な笑顔で、壊滅的な料理の数々を押し付けてくる。

もはやゴスケに逃げ場はない。

朝一番からゴスケは、カレコレ屋の洗礼を受けることとなった。

▼

小一時間後、

「――ふわぁ~あ、よく寝た」

スライドドアがからりと開いて、応接間の隣部屋から、カゲチヨが出てきた。

寝ぼけ眼をこすったり、寝癖のついた髪を掻《か》いたりと、いかにも寝起きといった風だが、白々しいにもほどがある。

(うぅ……ひどいッスよ、カゲチヨさん……。オークからは助けてくれたのに、どうしてヒサメさんのテロ——じゃなくて手料理《てりょうり》からは助けてくれなかったんスか……ウエップ……）

ゴスケはカゲチヨに恨みがましい視線を送った。

しかしカゲチヨは、どこ吹く風で、それをスルー。

「おはようカゲ、朝ごはん食べる？」

「いや、中途半端な時間だし、昼飯と一緒でいいや」

「………」

そしてうまいことヒサメの朝食も回避。

その手腕が悔しいやら、感心するやら。

明日からは自分もああしてヒサメの朝食を回避しよう……ゴスケはまた一つ学びを得るのだった。

顔を洗って戻ってきたカゲチヨに、ヒサメが尋ねる。

「さて、どうしよっか」

「ひとまず情報収集からだな。それと、コイツの服もどうにかしたい」

カゲチヨはそう言って、ゴスケを指差す。

昨晩カゲチヨが貸してくれたパーカをまだ着させてもらっているが、それ以外のゴスケの服は、端的に言ってみすぼらしい。

ヒサメは頷《うなず》く。

「そうだね。目立っちゃうし、いつまでもカゲの服を着てもらうのもかわいそうだし」

「なんで？　ねえ。なんでかわいそう？」

「情報収集と服かぁ……。となるともう、裏原《うらはら》のベンジーさんのとこだね」

「だな」

カゲチヨも相槌《あいづち》を打ち、長い一日が始まるのだった。

▼

渋谷という街は、カオスである。

人種、文化、善悪、利害関係……あらゆる属性、あらゆる要素が交ざり合い、モザイクの模様を呈している。

とはいえど、渋谷内でもそのエリアごとに傾向や特色は歴然と存在し、大まかに三つのエリアに区分することができる。

センター街、円山町界隈を中心とした、『渋西《しぶにし》』。

道玄坂界隈を中心とした、『渋南《しぶなん》』。

そして代々木公園や宮下公園、宇田川町界隈を中心とした『渋北《しぶきた》』。

この三つだ。

カゲチヨたちに連れられて、ゴスケがやってきたのは、渋北エリアが擁する『裏原』。

言わずと知れたファッションの聖地で、日本全国、地球全土、異宙全域の服飾文化がクロスオーバーし、日々新たな流行を生み出している。

……とまぁ、こう語ると何やら仰々しいが、街並みはいたって平凡だ。

背の高いビルはなく、年季の入ったアパートや、こじんまりとした貸店舗が無数に並ぶ。

その一戸一戸、一店舗一店舗が、服飾店で埋められているのだ。

すべての店を見て回ろうとしたら、一月あっても足りるかどうか。

無論、ここを歩く人々のファッションセンスのよさは目を見張る。

通りを眺めているだけで、ファッションショーを楽しめる。

服好きからしたら夢のような場所。

そんな裏原の一角に、老舗《しにせ》として名高い古着屋があるようだ。

路面店で、ショーウィンドウには、一九九〇年代から二〇〇〇年代の古着が飾られている。

ヴィンテージストア『ベンベルジャン』——カラコロとドアベルを鳴らしながら、カゲチヨたちはその店に入っていった。

「——うわー！　すごいッス！　めっちゃおしゃれッス！」

ゴスケは店内を見回して、開口一番、感動の声を上げる。

所狭しと並ぶ服の数は圧巻で、どれもこれもがかっこいい。

木材を基調とした什器《じゅうき》も、照明の具合も、ポスターやキャラクターグッズなどの飾りも、すべてがこだわり抜かれていて、ぬくもりがありながらも洗練された空間だ。

田舎から出てきたゴスケには、こんな店に入るのは初めての経験で、ワクワクしてしまう。

「なんだかここにいるだけで、自分までオシャレになれた気がするッス！」

「うわっ、マジかこいつ。めっちゃポジティブ……。俺なんて、こんなシャレオツな店にいたら、いたたまれなくて申し訳ない気持ちになるのに……。若いっていいなぁ〜。若さゆえにそういう風に考えられるんだろうな〜。俺もあと五歳若ければな〜」

「年齢関係ないから。カゲ、五歳若かったらたぶんビビっちゃってこの店の敷居すら跨《また》げてないよ」

ヒサメはカゲチヨにツッコミを入れつつ、店の奥へ入っていく。

「ベンジーさーん、こんにちはー」

そしてレジ裏に声を掛ける。

レジ裏には、さながらコックピットのようなスペースが取られ、ミシンや裁縫道具の置かれた作業台がある。

そこに座って作業していた一人の男が、手を止めて「はいは〜い？」と振り返った。

後ろで縛った長髪に、無造作風に整えられた顎髭《あごひげ》。服はオーバーオールに革ジャンで、ワークテイストの装い。

そして特徴的なのは、両眼と額の〝三つ目サングラス〟。

気さくそうなイケオジといった印象の彼が、この店の主、ベンジーだ。

ベンジーはヒサメとカゲチヨの姿を見るやいなや、にへらと人懐っこく笑う。

「よ～う、ヒサメちゃん、いらっしゃ～い」

「ども。ご無沙汰してます、ベンジーさん」

「カゲくんも、うえ～い」

どうやら、カゲチヨとヒサメとは親しい間柄らしい。

そして来訪が嬉しかったのか、ベンジーはおもむろに傍らの冷蔵庫から缶ビールを取り出すと、パキョッと封を開けてぐびぐび飲みだした。

今は絶賛営業中で、作業もしていたはずなのだが……なんともゆるいノリである。

「あ、そうそう。前ヒサメちゃんが気になってたアルフローエンのシャツ、新しいの色々入荷してるよ～。うちのスタッフお手製のリメイク物も続々ラインナップ中～」

「え、ホントですか!? 見たい見たい！」

「見るだけじゃなくてジャンジャン着ちゃって～。もっと可愛くなっちゃって～」

「わーい！」

目を輝かせて、レディースコーナーに行ってしまうヒサメ。

ベンジーの空気感にあてられたか、こちらもまたゆるいノリである。

「〝わーい〟じゃねぇ……。仕事しろ、仕事。――ベンジーさん、ちょっとコイツに服を見繕ってやってほしいんすよ。予算はこんなもんで」

カゲチヨは、レジにあった電卓に金額を打ち込んで、それをベンジーに見せる。

「お、トータルコーデさせてくれんの？　いいね～。腕が鳴るぅ～」

するとベンジーは乗り気になって、レジ裏から出てきた。

ゴスケはピシッと姿勢を正し、改めて頭を下げた。

「自分、ゴスケッス！　よろしくお願いしますッス！」

「オーラ～イ」

ベンジーはゴスケを棒立ちにさせて、商品棚を物色し、あれもいいこれもいいと服を当てていく。

客のコーディネートを考えるのは楽しいようで、上機嫌な様子だ。

頃合いを見計らって、そんなベンジーに、カゲチヨはそれとなく尋ねるのだった。

「あとちょっと聞きたいことがあるんですけど」

そう切り出した途端である。

「……答えられる範囲で答えるよ」

ほんのわずかではあるが、これまでリラックスムードだったベンジーの声音に、鋭さが増す。

かたやカゲチヨは、構わず続ける。

「スクランブル交差点で、車の炎上騒ぎあったの知ってますよね」

「うん、陸王会の車ね～」

商品棚でパンツを吟味しながら、ベンジーは頷《うなず》く。

そして戻ってきてゴスケにパンツを当てながらしゃべる。

「陸王会の人ら、カンカンみたいだよ～。炎上事故の原因になった、バイクを運転してた男の子？　その子の行方を追ってるって話だね～」

「ハァ、そりゃまぁそうだよな……」

ベンジーの話を聞いて、カゲチヨはかったるそうにため息をつく。

ゴスケも自身のことなので、身をこわばらせた。

「メンツを大事にする人らだからね～」と、ベンジーはヘラヘラ笑いながら言う。

が、すぐにキョトンとした。

そして、ゴスケに服をあてがっていた手が、ピタリと止まった。

「――って、あれ？　これって、そういうこと？」

三つ目のサングラスの奥で、ベンジーの瞳が三つ揃《そろ》って揺れる。

カゲチヨがニヤリと笑みを浮かべた。

「知らないほうがよくないですか？」

その言葉で、色々と察したようだ。

ベンジーは一拍の間を置いて、開き直るように破顔した。

「だね〜！　さっき自己紹介されちゃったけど、聞かなかったことにする〜！」

この店に来る前に、ゴスケはカゲチヨから聞いている。

ベンジーは古着屋でもあり、情報屋でもあるのだと。

だからこそ、「聞かなかったことにする」というのもまた、大事な身の振り方なのだろうなと、おぼろながらゴスケは理解した。

「この三人、どこの所属か知ってます？」

話題を変えて、カゲチヨはスマホを取り出し、ベンジーに見せる。

カゲチヨのスマホに表示されているのは、例のオーク三人組の画像である。

ゴスケからの依頼を正式に受けた際、雑居ビルの前で屯《たむろ》しているオーク三人組の姿を、カゲチヨがこっそり隠し撮りしたものだ。

ベンジーはそれをひと目見て、即答する。

「ああ。コッポラさんとこの使いっ走りだ。荒っぽいから評判良くないねえ」

「コッポラ？」

「そ。表向きは異宙雑貨の輸入業者だけど、実際はバリバリの反社《はんしゃ》だねえ」

「そのコッポラってのも、〝異リーガルギルド〟ですか？」

「もちろん」

ベンジーは首肯《しゅこう》する。

異リーガルギルドとは、渋谷を拠点とする異宙人による、闇商売の相互互助会——要するに、異宙人マフィアである。

コッポラはその異リーガルギルドに所属する、反社グループのリーダーのようだ。

「やっぱそうか……」とカゲチヨは苦々しく頷《うなず》いて、さらに尋ねる。

「あともうひとつ。そのバイクが運んでたものについてなんですけど」

「……あー。なんか、ヤンチャな子たちが騒いでたな～それ。クスリ運んでたんでしょ？」

「はい」

「で、女の子がそのクスリをごっそりパクっていったって」

「ええ」

「そこまでしか知らないな～」

「…………」

「…………」

唐突に、沈黙が訪れる。

ただ会話が途切れたという感じではない。

むしろ、意図的に会話を断ち切られたかのようだ。そんな緊張感が立ち込める。

なのでゴスケはハラハラしてしまうが、カゲチヨはひるまない。

「……そっすか。どこの誰が持ってったか、ベンジーさんなら風の噂《うわさ》でも耳にしてるんじゃないかと思って」

臆《おく》さず、核心を突きにいく。

「あっはっは。買いかぶりすぎ〜。俺、ただのしがない古着屋よ？」

しかしベンジーはそれをのらりくらりと躱《かわ》す。

そして、それまでのものとはまた質の違う、いたずらな笑みを口元に浮かべた。

「それにほら、俺どっちかっていうと、この街の若い子たちの味方だから」

含みのある言い方だが、それが何を意味するのか、ゴスケにはわからない。

「……そうでしたね」

ただカゲチヨは理解したらしく、小さく笑って肩を竦《すく》めた。

そしてここで折よく、服のチョイスも終えたらしい。

「ほいこれ、試着しておいで、少年。Tシャツは今着てるやつの上からでよろしく〜」

「あ、ありがとうございますッス！」

服を一式、手渡され、ゴスケは試着室へ。

それからほどなくして、

「――着てみたッス」

シャッとカーテンが開くと、見違えたゴスケがそこにいた。

ワイドシルエットのTシャツにデニムパンツ、頭にはバケットハットで足元はポストマンシューズという、ワークテイストなストリートコーデだ。

あまりにもオシャレな格好だと気後れしてしまうが、いい意味で程よく野暮ったいので、ゴスケとしても着ていてしっくりくる。

また、ベンジーがそこまで意図したかどうかはわからないが、バケットハットも目深に被《かぶ》れば、目元を隠しやすく、変装にももってこいだ。

「あ、いいね～。サイズ感ばっちり。そしたらあとは羽織りものがほしいね～。パーカか、カーディガンか、シャツもいいけど、何がいいかな～」

ベンジーとしても納得のようで、最後の仕上げとして羽織りものを物色し始める。

きっとベンジーなら、最高に似合う一着を探し出してくれることだろう。

だからこのままおまかせしてしまってもよかった。

ただ、

――……友よ。

（……ん？）

ゴスケはふと、その声を聞いた。

――友よ。ここだ。着ろ。

ベンジーも、カゲチヨも、その声には気付いておらず、無反応。
ただしゴスケには、はっきりその声が聞こえていた。
(あ、そっか。古着屋さんッスもんね)
声が聞こえる理由も、ゴスケにはわかっていた。

――友よ。聞け。着ろ。着ろ。着ろ。友よ。聞け。ここだ。

だから声がするほうへ、ゴスケはふらふらと吸い寄せられていく。

――そうだ。こっちだ、友よ。ここだ。着ろ。着ろ。着ろ。

そうして声に誘われて行ってみた先……壁面の天井に吊るされる形で、一着のジャケットがそこにあった。
「……あの、あれって」

ゴスケはそのジャケットを指差し、ベンジーに尋ねる。

「ん？　お～。お目が高いね～。パプアーってとこのオイルドジャケットでさ～。い～いジャケットだよ～。撥水機能もついてるの。気になるなら着てみれば？」

（撥水機能……あ、それで『友』ッスか）

ベンジーが引っ掛け棒を持ってきて、吊るされていたジャケットをゴスケに渡してくれる。

ゴスケがそれを羽織ってみると、先ほどまで聞こえていた声が消えた。

代わりに、ベンジーが歓呼の声を上げる。

「うわ～、バッチリじゃ～ん！　そのコーデにハマってるよ～！　君、センスいいね～！」

「お、いんじゃね？　渋谷のキッズって感じ。これなら街中歩いてても浮かないわ」

カゲチヨもどれどれと見に来て、感心してくれた。

思いのほか好評で、ゴスケとしても嬉しくて、なんだか誇らしい気持ちですらある。

それで気を良くしていると、カゲチヨは憮然《ぶぜん》とした顔になった。

「……てか、なんなら陽キャ感出てるな……。は？　ナマイキな。やっぱ買うのやめよっかな。お前なんてドゥンキのスウェット上下セットで十分だ」

「な、なんスか急に！」

「僻《ひが》んじゃダメじゃん、カゲくん。カゲくんのコーデも考えてあげよっか？」

「……いや、俺がこんなカッコいい服着ても似合わないんで……チョーシこいてるって思われるのコワイ……」

「卑屈すぎ〜」

ベンジーがケラケラと笑うのを、いじけた横目で流しつつ、カゲチヨはレディースコーナーの方へ呼びかける。

「おい、ヒサー？　ちょっとゴスケ見てくんね？　これいいよなー？」

「はーい」

返事が返ってきて、ペタペタとヒサメが戻ってくる。

ヒサメはゴスケの姿を見るやいなや、パッと笑顔を咲かせた。

「あ、いいじゃん！　カッコいいよ、ゴスケくん！」

同性たるベンジーやカゲチヨに褒められても嬉しいが、女性に褒められるとまた別の嬉しさがある。

「えへへ。そッスか？　ありがとうございますッス！　じゃあ自分、このジャケットがいいッス！」

ヒサメのリアクションが最後の一押しとなって、ゴスケはコーディネートを完成させるのだった。

また、それはそれとして——、

「——ってか、ヒサメさんもそれ、とってもかわいいッスね！　とっても似合ってるッス！」

「え!? あ、ありがと」

ゴスケはヒサメにもまた褒め言葉をお返しした。

しばらくヒサメの姿が見当たらないなと思っていたら、ヒサメもヒサメで色々試着して楽しんでいたらしい。

再びゴスケの前に現れたヒサメは、スポーティーなナイロンジャケットをオーバーサイズに羽織り、下はクラッシュデニムのショートパンツ。

ボーイッシュでありながらとてもかわいらしい装いに着替えていたのだった。

そしてその出《い》で立ちをゴスケに褒められて、ヒサメは面食らっていた。

「てかなんか、そんなストレートに褒められると照れる」

もじもじしながらごにょごにょ言うヒサメ。

「そういうもんスか?」

ゴスケは人からの褒め言葉を素直に受け取れてしまう質《たち》のため、ヒサメの照れっぷりが今ひとつわからない。

なのでカゲチヨに話を振った。

「かわいいッスよね? カゲチヨさん」

「へ!?」

するとカゲチヨは、上ずった声を上げ、急におどおどとキョドリ始める。

「え、ん、お、おー、まぁ、うん、まぁ、まぁ」

「？　カゲチヨさん？　どうしたんスか？」

ヒサメさん、とても服が似合っててかわいいですよね？　と、同意を求めただけなのに、一体どうしたというのか。

「あぁ、そうだな。かわいいな」と一言言えばいいだけの話なのに……。

ゴスケは解せずに小首を傾《かし》げ、カゲチヨとヒサメは二人して顔を赤くした。

そんなやり取りを傍から見て、ベンジーは愉快げに笑う。

「はっはっは！　あんまり君らの周りにはいないタイプだな、この少年は。シディくんの素直さとか正直さとは、またちょっと毛色が違うね～」

「シディ？」

「あ、カレコレ屋のもう一人のこと」

ヒサメが耳打ちしてくれて、ゴスケは相槌《あいづち》を打つ。

カレコレ屋には三人いるという話は聞いていたが、名前はシディというのか。

本拠地に仕事で戻っているというようなことをヒサメは言っていたが、会える日が来るだろうか。

「それじゃ、この少年のコーデ一式は、お買い上げってことでい～い？」

「ええ。お願いします」

「は～い。お買い上げありがとうございま～す」

ベンジーはゴスケの着ている服の値札を切って、レジを打つ。

するとその指が、ふと止まる。

そして、

「……カゲくんさぁ～」

「はい？」

「もうちょっとお金落としてってくれたら、オマケしてあげる」

古着屋として、そして情報屋としての算盤《そろばん》が、パチンと音を立てて弾かれた。

▼

ベンベルジャンを後にしたカゲチヨ、ヒサメ、ゴスケの三人は、キャットストリートを南下する。

通りは買い物客で賑《にぎ》わっており、三人も買い物袋を手に提げているので、すっかり周囲に溶け込んでいる。

特にヒサメは、渋谷へ買い物をしに来た女の子そのもの。

路面店のガラスに映る自分の姿を見ては、ルンルンの足取りでステップを踏んだ。

「いい買い物しちゃった～♪」

買い物袋の中身はさっきまで着ていた服で、今身に纏《まと》っているのはベンベルジャンで購入したものだ。

例のナイロンジャケット、キャップ、ショートパンツである。

そして、ゴスケも件《くだん》のコーデで、買い物袋の中身は元着ていたみすぼらしい服。

「カゲもそれ、似合ってるよー」

「ほんとッス！ カゲチヨさん、めっちゃくちゃカッコいいッス！ アーティストみたいッス！」

「うぅ……！ 言わないでくれ……！」

茶化し半分でヒサメが、本心でゴスケがそれぞれ言うように、カゲチヨもまた、ベンベルジャンで購入した服を纏っていた。

薄手のパーカを着て、そのうえにノーブランドのスカジャンを羽織り、足元はミスターマーチンのブーツ。さらには色付きサングラス。

無論、カゲチヨのチョイスではない。ベンジーのプロデュースである。

ゆえに、かなり洒落《しゃれ》っ気のある服装になっており、だからこそカゲチヨはいたたまれなそうにしていた。

「恥ずかしい……恥ずかしい……俺みたいな陰キャがこんなオシャレしちゃって恥ずかしい……！　買うだけじゃなくて着て帰ることまで要求されるなんて……！」

パーカのフードを被《かぶ》って、人目から逃れようとするが、それがかえってオシャレっぽく見えてしまう皮肉。

カゲチヨのうろたえようがおかしくて、ヒサメとゴスケはクスクスと笑い合った。

「おかげで有力情報をもらえたんだから、我慢しなきゃ」

そう。

ゴスケのみならず、ヒサメとカゲチヨまでもが服を買ったのは、それと交換条件にベンジーからさらなる情報を得るためだった。

三人分の服代をレジに打ち込み、その額に満足がいったのか、ベンジーは独り言でも漏らすようにこう言った。

――遅かれ早かれこの情報には行き当たると思うから、言っちゃってもいいのかな～？　クスリをパクってった子、派手な金髪で、ベンチコートを着てたとか～。

「――でもあれって、有力情報なんッスか？　自分、黒いコートを着てたって、お二人に言ったような気がするッスけど」

ゴスケはすでに二人に、クスリを持ち逃げした女の特徴としてそのことを伝えている。

カゲチヨもそれには頷《うなず》いた。

「ああ。それに金髪だったたってのもな。けどそれだけじゃ、女を特定しうる情報にはなりえない。金髪で黒いコートの女なんて、そこら中にいるからな。……ただ、これがベンチコートとなると、話が変わってくる。その女の解像度が一気に上がる」

そこまで言われても、ゴスケには今ひとつ理解できない。

するとカゲチヨが、人通りの中に何かを見つけ、目線を飛ばす。

「ゴスケ、その女ってのは、あんな雰囲気じゃなかったか？」

見ればその目線の先には、たしかにクスリを持ち逃げした女と似たような黒いコートに髪型、おまけにメイクまでそっくりの女がいた。

「あ、そうッス！　そうッス！　もうまさにあんな感じの人ッス！　え、なんでわかったッスか!?」

「ビンゴだな。ってことは十中八九、クスリをパクってったのはキャバ嬢だ。『黒いコートの金髪女』じゃ対象が多すぎて絞りきれねえけど、『ベンチコートの金髪女』ならキャバ嬢にまで絞り込める」

「へー！」

夜の世界に詳しくないゴスケには、その説明を聞いてもよくわからない。しかしベンチコートという服には、そういう特徴があるらしい。

「ま、ともあれ、方針は固まったな」

キャットストリートを抜けて、明治通りの宮下公園交差点まで来ると、カゲチヨはそう言って立ち止まった。

「ゴスケ、お前が形見を取り戻すためには、二つの組織に落とし前をつけなくちゃならねえ。それが闇バイトの胴元のコッポラ一味と、車を炎上させちまった陸王会だ」

異宙人マフィア『異リーガルギルド』のコッポラと、渋谷の老舗《しにせ》ヤクザ『陸王会』……ゴスケは、渋谷の闇社会に詳しくない。

しかしそんなゴスケにだって、その二つが本来なら関わってはいけない相手であることくらいはわかる。

そんな二つの団体と、なんとか話をつけなくてはならない。

一筋縄でいくはずもなく、ゴスケはごくりと生唾《なまつば》を飲む。

そして一語一句聞き漏らさぬように、カゲチヨの言葉に耳を傾ける。

「コッポラへの落とし前は、パクられたクスリを女から取り戻して返上する。これだな」

「なるほどッス」

「そんで陸王会への落とし前はまぁ……車代をどうにかするしかねえよな」

「……車って、いくらくらいするッスか……？」

恐る恐る、聞いてみる。

「あの人ら、いい車乗ってるからなぁ。……ざっと一千万ってとこか？」

「い、いっせんま……!?」

目玉が飛び出るような金額をサラッと言われ、ゴスケは絶句する。

もし仮に高額報酬の闇バイトを続けていたとしても、簡単に払える額ではない。

「じ、時給一〇〇万くらいの仕事ってないッスか!? 自分それがんばるッス！」

「反省ゼロか。お前、そんな調子じゃまた闇バイトさせられちまうぞ」

「うぅ……けど一〇〇〇万なんて用意できないッス……」

がっくしと項垂《うなだ》れるゴスケ。

その肩をぽんとカゲチヨが叩《たた》く。

「わかってるよ。だからまぁ、陸王会へは直接話をつけに行くしかねえな。……アー、行きたくねー。関わり合いたくねー」

ゴスケからしたら強くて頼りになるカゲチヨですら、陸王会は厄介《やっかい》な相手らしい。

ゴスケを助けたいという気持ちも本物だろうが、心底めんどくさいというのもまた偽らざる本音なのだろう。

「シディを呼び戻して、三人で行く？」

カゲチヨを慮《おもんぱか》ってか、ヒサメが提案する。

しかしカゲチヨはそれも乗り気ではない。

「んー……微妙なとこだな。カレコレ屋のフルメンバーで出向くと、かえって相手を刺激する恐れが……」

「あ、なるほど」

「ってところで言うと、ヒサについてきてもらうのもちょっとな……」

ガシガシと頭を掻《か》いて、天を仰ぎ思案することしばし。

カゲチヨは決断する。

「……俺一人で行って交渉してくるわ。ヒサとゴスケは事務所で待機しててくれ」

いわば、敵地に単身で乗り込むという蛮勇。

カゲチヨの採った選択はそれ。

「わかった。よろしくね」

ヒサメもそれを止めようとしない。

カゲチヨが点滅する青信号をさっさと渡り、彼岸の彼方へ行ってしまうのを、ヒサメは平然と送り出す。

「え、え、大丈夫なんスか!? 危ないいんじゃ……!」

ゴスケが呆気《あっけ》にとられている合間に、カゲチヨの後ろ姿はどんどん遠ざかる。

一人で行かせていいのか。

自分にできることはないのか。

ゴスケはヒサメに、目でそう訴えたが、ヒサメは言う。

「平気だと思う。カゲ、口うまいし」

それはわかる。しかし話術だけで丸め込める相手なのだろうか。

そんなゴスケの心配を見透かしたかのように、ヒサメはこう付け加えた。

「それにアイツ、不死身だから」

ヒサメのその一言に、ゴスケは「あ」と声を漏らす。

〝不死身〟というそのワードには、ゴスケも心当たりがあったからだ。

▼

宮下公園交差点から、明治通りをさらに南下。

宮益坂下交差点を西へ曲がる。

するとそこは、宇田川町や裏原《うらはら》を擁する渋北《しぶきた》エリアとは、また違った趣のエリアとなる。

大規模商業施設とオフィスが入った高層ビルが、竹林のように密集し、低階層の路面店も、高級ブランド店や高級クラブが軒を連ねる。

そして目玉は何といっても、高層ビルのさらに上空にある空中浮遊商業施設《ランドマークフロート》〝渋谷スカイランブル〟。

地球と異宙の最新技術を結集して建造された、空の楽園だ。

かような近未来的でセレブな街並みであるがゆえ、集《つど》う人種の社会的経済的な階層もぐっと上がる。

先進的で、洗練され、清潔感も漂うこのエリアは、『渋南《しぶなん》』。

その一角に、「賽《さい》」の字の代紋を掲げるビルがある。

五階建てで、高さはそれほどないが、上質かつ堅牢な作りである。

渋谷の老舗任侠《しにせにんきよう》団体、陸王会の本部だ。

ビル前の駐車場には、黒塗りのセダンやミニバンが並ぶ。

そして入口には、ひと目でヤクザとわかる風貌《ふうぼう》の輩たちが屯《たむろ》しており、一般人が近寄れる雰囲気ではない。

が、

「――あのー、すみませーん」

そんな物々しい雰囲気をものともせず、平然と、飄々《ひようひよう》と、声を掛けにいく青年がいる。

ヤクザたちは即座に警戒態勢となり、その青年を取り囲む。

「お兄さん何？　ここどこかわかってる？」

言葉遣いこそ穏当だが、放っている殺気は不穏当だ。

しかしその青年は、困り顔でへこへこ頭を下げながら、予《あらかじ》め手に持っていた一枚の名刺を差し出した。

その名刺を見て、ヤクザたちは少なからず動揺する。

それは、陸王会の若頭の名刺であったからだ。

青年は続けて呼ばわる。

「カレコレ屋のカゲチヨと申します。あの、若頭の天野《あまの》さん、おられます?」

▼

カゲチヨが通されたのは、本部ビルの三階の応接間だった。

広々とした部屋を贅沢に使っていて、中央には革張りの高級ソファとローテーブルが、奥にはエグゼクティブデスクがそれぞれ鎮座している。

カゲチヨはそのソファに、ちょこんと腰掛けていた。

室内は静寂に満ちている。異様なほどに。

カゲチヨ以外にもドアマンとして控えている若い衆が二人いる。けれどその二人はドア前に直立不動でおり、一切口を開かない。

渋谷は車がひっきりなしに行き交っているというのに、ビルの壁が分厚く、防音なのだろう。外の音も聞こえてこない。

重苦しいほどの静けさに、カゲチヨはどうも居心地の悪さを覚えていた。

それでも待つことしばし。

室内には、廊下と繋《つな》がる扉とは別に、二つの扉がある。それぞれ、別の部屋と繋がっているらしく、そのうちの一つが不意に開く。

現れたのは、高級スーツに身を包む、眼鏡の中年男性だった。

中年男性といっても、顔立ちが鋭く、知的な雰囲気も漂わせていて、若々しい。

陸王会の若頭、天野《あまの》だ。

天野はカゲチヨを見るやいなや、親戚のおじさんのような親しげな笑顔を浮かべた。

「なに、すっかりめかしこんじゃって。かっこいいね」

声音は穏やかで、物言いは気さくで、とてもヤクザとは思えない。

「こんにちは、天野さん。すみません、急にお邪魔しちゃって」

言いながら、カゲチヨはソファから腰を上げる。

それを見て天野は、「いいからいいから」と手振りでカゲチヨを座らせ、自身もカゲチヨの対面に腰を下ろした。

「急に来てもいい人にしか、僕の名刺はあげてないから」

恐縮して、カゲチヨは頭を下げる。

天野はご機嫌な様子で身を乗り出す。

「いやぁ、嬉しいな。ようやくウチの組に入ってくれる気になったんだ。歓迎するよ。もちろんヒサメちゃんもシディくんも、悪いようにはしないから。ね」

表情には一切出さないが、カゲチヨは内心でベロを出す。

以前、ちょっとした仕事でカレコレ屋は天野と接点を持ってしまったのだが、そのときに天野から良くも悪くも一目置かれるようになってしまった。

そのせいで、こうして顔を合わせる度に、天野はカレコレ屋を取り込もうと持ちかけてくる。

「ははは。天野さん、ご冗談を。俺等なんかが陸王会さんの傘下に入ったって、皆さんの足を引っ張るだけですよ」

「ええ、そうなの？　そういう話をしにきたんじゃないの？」

「お誘いはありがたいんですが……」

「残念。ま、気が変わったらいつでも」

下手には出るも、決して譲ることはせず、カゲチヨは天野の勧誘攻撃をしのぎ切った。

毎度のことだが、このやり取りはなんとも疲れる。

ただ、本当に疲れるのは、これからだ。

「で、今日は何の用かな？」

天野に問われ、カゲチヨは内心でぐっと意気込んだ。

けれど、意気込んだことを悟られてはいけない。悟られれば、その弱みに付け入られる。

だからカゲチヨは何食わぬ顔で、本題を切り出した。

「スクランブル交差点の炎上沙汰《ざた》あったじゃないですか」

「うん。ウチの車が燃えちゃったやつね」

「あれ、丸く収めたいんですよ」

言った瞬間、空気が張り詰める。

「……へえ、カレコレ屋さんが一枚噛んでたんだ？」

天野《あまの》の声の温度が下がる。

それに釣られないように、カゲチヨは努めて平静を装い、続ける。

「腹割ってお話ししますね。丸く収めてほしいっていう依頼がうちに来ちゃったんですよ」

「…………」

しばしの沈黙の後、天野は眼鏡を上げた。

それが、スイッチの入った合図だった。

「……どこからの依頼？　あのバイクの少年本人？　それとも飼い主？　あの子、どこの子？」

矢継ぎ早に、淡々と、天野はカゲチヨに質問を浴びせかける。

「依頼元についてはすみません。守秘義務がありますんで」

「匿《かくま》ってる？　だからヒサメちゃんもシディくんもいないんだ？　そういうこと？」

会話として成り立っていない。

天野はただただ一方的に詰問するのみ。

そうすることで天野は、自分の反応を探っているのだと、そういうやり口なのだとカゲチヨは理解している。

だからその圧力に屈することなく、淡々と返答する。

「すみません。守秘義務がありますんで」

「そんな依頼受けちゃって大丈夫? ウチと事、構えたいの? カレコレ屋さんは。渋谷で、トップなんたらとかいう組織の情報追ってるんじゃなかったっけ? 平気? ウチと事、構えるってなったら、渋谷にいられなくしちゃうよ?」

表情といい、声音といい、落ち着いているはずなのにどうしてこうも威圧的なのか。

天野から尋常ではないプレッシャーを感じつつも、カゲチヨは必死にそれを受け流し、目礼を返す。

「すみません。守秘義務がありますんで。どうかご勘弁を……」

ヤクザと相対するとき、相手方を立てなければならない。

とはいえ、過剰に下手に出てもいけない。

ましてやヤクザ相手に交渉を進めるならば、対等であらねばならない。

そんな、非常に繊細なラインを維持するためにも、カゲチヨは細心の注意を払って平静を装う。

それが、功を奏した。

天野《あまの》は急に、威圧の態勢を解いて、ソファの背もたれに体を預けた。

「君、やっぱり度胸あるよね」

そして浮かべるのは、例の「親戚のおじさん」のような親しげな笑顔だ。

この切り替えの速さがまた怖い。

「内心、心臓バックバクですよ。あんまりいじめないでください」

「わかったわかった。で、カゲチヨくん的にはこの件、どうしたいなって思ってるの？　どう落とし前をつける気？」

ともあれ会話が成り立つようになったので、いよいよここからが、交渉の本番だ。

カゲチヨは思案げに、指を顎《あご》にそえる。

「落とし前……。……そうですね、俺が指詰めるとかじゃダメですか」

そして、茶目っ気たっぷりにおどけてみせた。

思いつきの悪ふざけで言ったのではない。

これはある種のハッタリで、ブラフ。

冗談が言えるだけの余裕がこちらにはあり、あくまで我々は対等であるというポーズ。

これに対し、天野は……、

「……ふふ、ふっふっふ、あっはっはっは！」

和やかに笑った。

「あははは」

カゲチヨも調子を合わせて笑う。

直後、

「——指で足りるかよ、バカ野郎」

怒気を孕《はら》んだ、罵倒《ばとう》。

それと同時に、天野は懐に手を入れて、取り出したるは大振りな自動拳銃。

その照準をカゲチヨの眉間《みけん》に合わせると、ノータイムで、躊躇《ちゅうちょ》なく、天野は引き金を引いた。

ズドン！

室内に銃声が轟《とどろ》く。

カゲチヨの額と後頭部に、鮮血の花が咲いた。

銃撃の衝撃はすさまじく、カゲチヨは頭部からガクンと仰《の》け反り、ソファにもたれかかる。

死んだ。

撃ち殺された。

誰の目から見てもそれは明らかで、ドアマンとして控えていた若い衆たちもさすがに泡を食う。

生意気な冗談を口にしたとはいえ、一応は客人としてここへ通した人物だ。

それを殺してしまっていいのかと、若い衆たちは慌てふためくが、天野《あまの》は平然としたものだ。

「いいんだ。いいんだ」と手で制し、天野は若い衆を下がらせる。

そしてゆっくり銃を懐にしまうと、白けた眼差しをカゲチヨに向けて、小さくため息をついた。

「異宙人共が地球に来てから、驚くことばかりだ」

天野が言うやいなや、仰《の》け反るようにソファにもたれかかっていたカゲチヨが、唐突に動いた。

「――いや、俺は地球人ですけどね？」

そう言いながら、何事もなかったかのように、平然と体を起こしたのだ。

若い衆は目を疑い、言葉を失う。カゲチヨの額にも後頭部には、たしかに風穴が開いていて、その証拠に流血もしている。

なのになぜと混乱する若い衆を、さらに狼狽《ろうばい》させる出来事が起こる。

カゲチヨは、血で濡れた額を拭う。

するとたちまち、穴が塞《ふさ》がっていた。血もきれいさっぱり消えている。

さらには乱れた髪を整えるように、軽く後頭部に手ぐしを入れた。

かと思うと、後頭部の穴までもが塞がって、傷跡一つ残らない。血もたちまち消えてしまった。

手品のような現象を目の当たりにして、天野はお手上げといったように両手を上げる。

「地球人なら、脳みそ撃ち抜かれたらちゃんと死んでくれなきゃ」

「恐縮です」

カゲチヨの控えめな微笑みは、若い衆はもちろん天野にも、少なからずの脅威を植え付けるのであった。

カゲチヨは地球人である。それは間違いない。

しかし、かつて、異宙人であるゾンビと吸血鬼に襲われ、ほぼ同時に噛まれた経験がある。

その結果として、ゾンビと吸血鬼それぞれの特性を得るに至った。

驚異的な自己再生能力に裏打ちされた、ほぼ不死身の身体もそのひとつ。

弾丸で脳みそを撃ち抜かれようが、カゲチヨは死なない。

自販機で頭を潰《つぶ》されようが、へっちゃら。

天野がカゲチヨに一目置く理由のひとつである。

そしてそれを改めて拝まされ、天野は態度を軟化させるのであった。

「ま、不幸中の幸いで、車はオシャカだけど人的被害は出てない。車両保険も何百万かは下りる」

再び懐に手を入れ、取り出したのは紙タバコ。

控えていた若い衆がさっと歩み寄り、天野《あまの》がくわえた紙タバコに火を着ける。

「ってことを考えると、ウチの被害は車両代残り数百万と、今後保険の等級が上がる分と、看板に塗られた泥ってとこかな。正直、金で手打ちにしていい案件ではある」

天野は紫煙をくゆらせながらそう言うと、朗らかな笑みを浮かべた。

「我々とカレコレ屋さんの仲だしね？　君らとは発展的な関係を望んでるからさ」

「ありがとうございます」

人の頭に風穴を開けておいて、よく言う。

しかしこれもヤクザ流のコミュニケーションだ。

ときに親しげに笑い、ときに恫喝《どうかつ》し、互いの力量や腹を探り合いながら、落とし所に持っていく。

そしてその落とし所が今、固まりそうだ。

天野は金銭での解決を提案している。

カゲチヨにとっても、それは望んでいたところ。

だから内心では天野にベロを出しながらも、表向きは恭《うやうや》しく会釈を返す。

「けど、払える？　カレコレ屋さんって、資本どんなもん？」

「それが、事務所の家賃を払うのにもヒーヒー言ってる状況でして」

天野は「またまた」と和やかに笑うが、あながち冗談というわけではない。

なにせ、カレコレ屋は客足も売り上げも上下動が激しいので、経済的な余裕はない。

カレコレ屋の仕事がないときは、食い扶持《ぶち》を稼ぐために各自でアルバイトをしているくらいだ。

それでも、カゲチヨが金銭の解決を望んでいた理由──それは、交渉相手が陸王会なればこそ、金銭を用意できる当てがあったからだ。

カゲチヨは少し身を乗り出して、天野の小耳に入れるように囁いた。

「そこで提案なんですが……どうでしょう。陸王会さんのところで、ひと仕事させてもらうっていうのは」

「…………」

天野は、口につけてすぐだった紙タバコを、短く吐き出す。

そしてカゲチヨの次の言葉を待つ。

カゲチヨはいたずらな笑みで、天野に告げた。

「例の地下興行の客寄せパンダ、喜んでやらせてもらいますよ」

「…………」

婉曲《えんきょく》的な言い回しである。

が、カゲチヨの言わんとしていることは、天野《あまの》にはしっかり伝わっていた。

なにせそれは、かつて天野がカレコレ屋にオファーして、断られたことがある案件だからである。

没交渉となっていたそれを受諾することで、車炎上の件は不問にしてほしいと、カゲチヨはそう申し出てきたのだ。

天野は心底嬉しそうに、そして、悪そうに笑った。

「……カゲチヨくん、やっぱりうちに来なよ。その年でこんなに話が通じる子、なかなかいないよ」

その言葉は天野の本心である。

天野がカレコレ屋を取り込もうとしている理由はいくつかある。

その中には、陸王会の脅威になりうる能力をメンバーの各々が有しているから……というのもある。

脅威の芽を摘もうとすれば抵抗されて、こちらも手痛い目を見かねないから、自陣の戦力として加えてしまったほうが賢い……という魂胆だ。

だが一方で天野は、カレコレ屋に対して……特にカゲチヨに対しては、純粋な気持ちも持っていた。

若くしてヤクザの流儀に則《のつと》ることができる、その才覚を買う気持ちだ。

端的に言って、カゲチヨにはヤクザの才能がある。

だから、欲しい。

それもまた、天野の偽らざる本音であった。

しかしその想いは、カゲチヨには届かない。

「そういったお話は、またおいおい。ひとまず車の件は、交渉成立ということで。ありがとうございます。それでは早速スケジュール調整に入らせていただきたいのですが――」

丁重な一礼で天野のラブコールを躱《かわ》すと、事務的な話に入っていった。

▼

「もー、ゴスケくんってば。カゲチヨなら大丈夫だって。座って動画サイトでも観てなって。ね？」

「そ、そんなことしてられないッス！　燃えた車から怒鳴りながら出てきた人たち、めっちゃくちゃ怖かったんッスから！　カゲチヨさん、あんな人らと交渉だなんて……！」

「とりあえずお茶淹《い》れるから、落ち着いて。何がいい？」

「!?　い、いいッス！　大丈夫ッス！　自分全然のど渇いてないッス！　お腹たぷたぷのちゃぽちゃぽッス！　だから何も淹れないでくださいッスこの通りッスお願いしますッス助けてくださいッス！」

「……なんでそんなにお茶飲みたくないのかな？」

宮下公園交差点でカゲチヨと別れ、ゴスケはヒサメとともに事務所へ帰ってきた。

そのあとはずっと、こんな調子である。

カゲチヨの身を案じたり、ヒサメのお茶から逃げたりで、事務所内をそわそわうろうろ歩き回っていた。

そんなこんなで二時間ほどすると、カゲチヨがふらりと事務所に帰ってきた。

そして、特に変わりないカゲチヨを見て、ゴスケが安堵《あんど》したのも束の間である。

「――と、いうわけで、陸王会主催の地下格闘技大会に出場することで、ゴスケのやらかしは手打ちにしてもらうことになりましたー」

「ヤ、ヤクザが主催の地下格闘技大会!?」

カゲチヨから交渉結果を伝えられ、ゴスケは仰天するのだった。

かたやカゲチヨは「はい拍手ー」とパチパチ手を鳴らし、「そっか。まぁ妥当なところだね」とヒサメも付き合いで拍手を返す。

二人は平然としたものだが、ゴスケにとってそれは寝耳に水の展開だ。

「よ、よくわかんないッスけど、自分、喧嘩《けんか》とかはへっぽこッスよ!?　自信ないッス！」

己の無力さ、非力さは、ゴスケ自身が一番よくわかっている。

だから不安の声を上げたが、カゲチヨになだめられる。

「安心しろ。出場すんのはお前じゃねぇ。俺たちだ」

そう言ってくれるカゲチヨは頼もしいし、ヒサメも自信ありげに頷《うなず》いている。

それでもゴスケは、「なら安心ッスね！」とはならない。

「だ、だめッスよ！ 危ないッス！ カゲチヨさんはともかく、ヒサメさんにまでそんなことさせられないッス！」

自販機に潰《つぶ》されてもケロッとしていたカゲチヨならまだしも、ヒサメをそんな荒事に巻き込むなんて、耐えられない。

ヒサメが傷つくところなんて見たくない。

それがゴスケの素直な気持ちだったが、ヒサメは優しく微笑んで言う。

「ありがとう、ゴスケくん。けど、わたしなら大丈夫だから」

相手はヤクザだ。

その怖さは重々知ってるはずだ。

にもかかわらず、ヒサメに臆《おく》した様子はない。

頼もしさを覚える反面、ゴスケがもどかしく思っていると、カゲチヨがぽんとゴスケの肩を叩《たた》く。

そして、

「そうぞ。俺はともかく、ヒサはめ――――ちゃくちゃ強いから」

カゲチヨはニヤリと、勝ち気に笑った。

▼

金曜の夜、渋谷はいつにもまして活気を増す。

一週間のルーティンを終え、羽を伸ばそうと意気込む人々が、食やエンタメといった娯楽や、風俗や賭博《とばく》といった快楽や、トラブルや悪徳といった刺激を求め、この街に吸い寄せられてくるのである。

そんな華金で一番賑《にぎ》やかなのは、センター街や円山町を中心とした『渋西《しぶにし》』エリアだ。

しかし、良くも悪くも渋西に集《つど》う人々は俗物的で、盛り上がり方も露悪的。

対照的に、上品な夜の過ごし方を望むなら、向かうべきは『渋南《しぶなん》』エリアだ。

道玄坂沿いの高級店や、高層ビル内の一流テナントの数々は、きっとその欲望を満たしてくれる。

そういったハイソなエリアの中でも、もっとも人気が高いのはやはり、渋谷上空の空中浮遊商業施設《ランドマークフロート》〝渋谷スカイランブル〟だろう。

渋谷中の高層ビルの屋上に、エアポートが敷設されており、客を乗せたゴンドラを吊り下げて、大型翼竜が行き来する。

料金を上乗せすれば、ペガサスやグリフォンなどに騎乗して、スカイランブルへ駆け上がっていくことも可能だ。

そしてスカイランブルに降り立てば、そこはさながら巨大豪華客船。

外観はまさしく船を思わせる形状で、多層的な構造の中には宿泊施設や飲食店、ショッピングモールはもちろん、テーマパークまで詰まっている。

そしてそのどれもが高級志向で、徹底的なまでに清廉で、絢爛《けんらん》だ。

物価の高さはターゲット層を如実に表し、また一定以下の客層をふるいにかけて、この施設のステータスの高さを担保する。

地球異宙問わず、各国各機関の要人も、商談や歓待の場として利用するだけのことはある。

そんなスカイランブルのエントランスにまでやってきたゴスケは、目の前の光景にただただ圧倒されていた。

「うっわー……すごいッスねぇ……」

とかくきらびやかで明るい空間ではあるが、同時に上品で落ち着いてもいるため、なんとなく小声になってしまう。

その様子を見て、ヒサメがくすりと笑う。

「ゴスケくん、そんなカゲチヨみたいにコソコソする必要ないんだよ。堂々としてて平気だから」

「あ、はいッス！　了解ッス！　いやー、それにしてもこんな綺麗なところでヤクザ主催の地下格闘技大会をやるなんて驚きッス！」

「あ、ちょ、ゴスケくん……!?　ちょっと声のボリューム抑えよっか!?」

「ほらー、ヒサが余計なこと言うからー。——いいか、ゴスケ？　堂々としてたって碌《ろく》なことにならないんだ。だから人目を気にして、分を弁《わきま》えて、ひっそりコソコソ肩身狭くして生きていけ？　俺みたいに」

「カゲも！　ゴスケくんに変なこと吹き込まないの！」

カゲチヨ、ヒサメ、ゴスケの三人は、ホテルのロビーへ向かう。

そしてカゲチヨはフロントで、受付のお姉さんに「この部屋を取ってるんですけど」と、スマホを提示した。

スマホにはＱＲコードが表示されており、受付のお姉さんはそれを端末で読み込む。

すると、

「お客様、お部屋へご案内いたします。こちらへ」

ひとりのホテルマンがやってきて、カゲチヨたちをエスコート。

エレベーターに乗り込み、本来あるはずのない地下階で停まる。

降りてみると、そこは従業員用の通路のような、無機質な真っ白の廊下だった。

急に高級ホテルの裏側に連れてこられたようで、そのギャップに戸惑いつつも、ホテルマンのエスコートに従い、その廊下を進んでいく。

と、不意に、右手の壁に窓が現れた。

大きな窓で、廊下にずらりと並んでいる。光の反射の具合からして、マジックミラーのようだ。

ゴスケは歩きながら、なんとなしにその窓の向こうを覗《のぞ》いた。

その刹那。

ゴスケの眼の前に、凄《すさ》まじい勢いで、イヌ科の獣人が激突してきた。

打ちつけられた鼻っ面が、まるでトマトのようにグシャッと砕け、真っ赤な血の跡を窓ガラスに咲かせる。

「うわあっ！」

ゴスケは思わず仰《の》け反り、尻餅《しりもち》をつく。

「わっ、びっくりした」

「うわっ、今日も派手にやってんなー」

ヒサメとカゲチヨも多少は驚いていたが、慣れた様子で窓の向こうを見やる。

ゴスケはおそるおそる立ち上がって、改めて窓を覗いた。

そこは、広い空間だった。

中央にはロープで囲われた四角いリングがあり、眩《まばゆ》いまでのスポットライトで照らされている。

そしてそのリング上で繰り広げられていたのは……惨劇。

圧倒的な強者が弱者をオモチャにする光景。

一つ目の巨人サイクロプスが、申し訳程度の武器と防具で装備した獣人の集団を、一方的に蹂躙《じゅうりん》していた。

サイクロプスが手に持つ金棒を振るうたびに、獣人は木っ端《こっぱ》のように吹っ飛んで、惨たらしい肉体の損壊を晒《さら》す。

獣人側はみな縮み上がって、なかにはリング上を逃げ回ったり、命乞《ご》いをする者もいる。

そんな獣人たちを、サイクロプスは容赦なく、嬉々として踏み潰《つぶ》して回る。

その暴虐っぷりに、広い空間がどっと沸き立って揺れていた。

よくよく見れば、リングをぐるりと取り囲むように、すり鉢状に客席が設けられていて、大勢の観客で埋まっているではないか。

サイクロプスによる獣人の殺戮《さつりく》ショーが、見世物として喜ばれているではないか。

そのおぞましい光景にゴスケが戦慄《せんりつ》していると、カゲチヨが耳打ちしてくる。

「ここが陸王会の取り仕切ってる、渋谷スカイランブルの完全会員制フロアだ。今日は地下格闘技大会だけど、色んな非合法イベントをやってる。主な客層は政財界のおエライさんやら、異宙の王侯だとさ。……ったく、悪趣味だよな」

〝地下格闘技大会〟というから、てっきり、もっとこぢんまりとした興行かとゴスケは思っていた。

しかしその予想は、大きく外れた。

想像を超える規模、客層、そして残虐な内容に、ゴスケは尻込みせざるをえない。

が、もはや引き返すことなどできるはずもなく……小一時間後には、ゴスケはその当事者としてリングサイドにいた。

▼

爆音のＥＤＭが、ビリビリと全身を震わせる。

速いテンポの重低音が心臓に響き、無理やり観客のボルテージを上げているようだ。

匿名性確保の観点からか、照明は客席に当たらないようになっており、この広大な空間において照らし出されているのはリングと、セコンドエリアにいるカゲチヨとゴスケの二人だけ。

「うぅ、きちぃ……晒し者にされてる……きちぃ……」

頼みのツナのカゲチヨも、さすがにこの状況は堪《こた》えるようで、肩身狭そうにタオルを被《かぶ》っている。

そのためゴスケも、心もとなさが尋常ではない。

せめてもう一人、ヒサメがそばにいてくれればよかったが、ヒサメは今、選手控室だ。

ゴスケもカゲチヨも、三人全員、最初は選手控室に通された。

選手控室は高級ホテルの一室のようで、そちらのほうが居心地は断然よかったし、試合時間まではそこで自由にしていていいとホテルマンに言われていた。

しかし、急にヒサメが悲鳴を上げた。

「な、な、なにこれ――――!?」

その悲鳴は控室内の一角、パーテーションで区切られた更衣スペースの向こう側からである。

どうやらその更衣スペースに、選手が試合で着る衣装が用意されていたらしいのだが……、

「先にリングの方に行ってて！　これ絶対だから！　命令～～！」

なぜかヒサメは、ゴスケたちを控室から追い出そうとする。

その理由を聞いても答えてくれない。

しかし有無を言わせぬ剣幕だったため、カゲチヨとゴスケは一足先にリングサイドにまで出てきたというわけだ。

「……大丈夫ッスかねえ、ヒサメさん」

「まあ、逃げたりするような奴ではねえよ」

カゲチヨは言うが、もともとヒサメを格闘技大会に出場させることには抵抗のあったゴスケ

である。

なんなら逃げてくれてもいいのだが……とか思っていたら、突如照明が全て落ちた。

EDMも鳴り止《や》んで、観客のさざめきのみが、真っ暗闇の中に漂う。

やがて一筋のピンスポットが、リング中央に降り注いだ。

その光の中に現れたのは、マイクを持った蝶ネクタイの男——リングアナウンサーだ。

『レディースエンドジェントルメン！　大変長らくお待たせいたしました。これより、本日のメインイベント、スペシャルタッグマッチを開催いたします！』

リングアナウンサーが開幕の口上を述べると、歓声と拍手が巻き起こる。

『選手入場！　赤コーナー！　我らに楯突《たてつ》く不届き者は許さない！　なぜなら我らこそ、この地下帝国を統《す》べる王だからだ！　数々の挑戦者たち——もとい謀反者たちを、残虐なる刑に処して葬ってきた暴君二人……彼らの名はそう、〝テリ&ドリ〟！』

赤コーナー側の選手入場口で、炎が噴き上がった。

再びBGMが爆音で轟《とどろ》く。

照明を一身に浴びながら、選手入場口から姿を現したのは、二人の男。

一人は、身長が二メートル近くあり、さらには異様なまでに全身の筋肉が発達した巨漢。一見普通の地球人だが、胸に三つ、ルビーのような宝石が埋め込まれているので、異宙人か、もしくは異宙由来の肉体改造を施しているのだろう。

もう一人は、青い肌と角を持つ異宙人で、腕が六本生えている。

前者がテリで、後者がドリ。

二人ともアラビアの宮廷貴族風の衣装に身を包み、持ち前のコワモテで客席を睥睨《へいげい》しながら、花道を歩いてくる。

この地下格闘技大会では人気があるのだろう。しかも、ヒールとして。

テリ&ドリの入場に、観客たちは大いに沸く。そしてその歓声には、ブーイングが混じる。

「つ、強そうッスね……！」

「あー、なんかライオンとか象とかドラゴンとかと戦って圧勝してるらしいな」

カゲチヨはしれっと言うが、とんでもない対戦相手ではないか。

実際、リングに上がってきたテリ&ドリは、歴戦の強者の風格を帯びていて、威圧感が尋常ではない。

『選手入場！　青コーナー！　暴君二人の圧政を、これ以上見過ごすことはできない！　か弱き民のために、下町の何でも屋が立ち上がった！　何でも屋の紅一点にして一番槍、レディーHの入場だ――――！』

リングアナウンサーが叫ぶと、青コーナーで炎が上がる。

演出上、ぼかされてはいるが、〝何でも屋〟のレディーHとは十中八九、ヒサメのことだろう。

入場口に照明が集まって、もうもうと焚《た》かれたスモークの中から、一人の少女が姿を現した。

……のだが、

「な!?」

「えええええ!? ヒ、ヒサメさん!?」

それを見て、カゲチヨもゴスケも声を上げた。

現れたのは、たしかにヒサメだった。

覆面マスクを被《かぶ》っているが、佇《たたず》まいでひと目でわかる。

ただ、普段のヒサメからは想像もつかないような衣装を着ていた。

「――……うぅ……見ないでぇ……!」

ハーフトップとビキニショーツの上下セット。

胸元は大胆に開いており、おへそも丸見え。ふくらはぎこそブーツで隠れているが、太ももは露わだ。

そんな格好のヒサメが、モジモジしながら花道を歩いてくる。

プロポーションの良さもあろうが、羞恥《しゅうち》を感じているその仕草こそが観客のハートを掴《つか》んだようで、客席は大盛り上がり。

完全なる見世物として、ヒサメは晒《さら》されていた。

「お、おいヒサ! なんだよその格好は!」

ヒサメがリングサイドまでやってきたので、カゲチヨが言う。

覆面マスクの下で、ヒサメは赤面しているようだが、同じくらいカゲチヨも赤面し、目のやり場に困っている。

「知らないよ！　これが衣装として用意されてて、着なきゃ不戦敗とみなすって書いてあったんだもん〜！」

「！　それで俺達を控室から追い出したのか……。天野《あまの》さん、やってくれんなぁ」

陸王会若頭・天野との交渉では、衣装については話題に上がらなかった。

そこにまんまと付け込まれ、上手いことヒサメはお色気担当に仕立て上げられてしまったらしい。

『レディーH、リングへお上がりください！』

「イニシャルなんだろうけど、そのリングネームもホントに嫌〜！」

リングアナウンサーに促され、ヒサメは嘆きつつリング上へ。

すると観客たちが、下卑た指笛や歓声を上げて、ヒサメをさらに辱《はずかし》める。

あんまりな状況に、ゴスケも黙っていられない。

「ヒ、ヒサメさん……！　人前でそんなハレンチな格好をしちゃだめッス！　お嫁にいけなくなっちゃうッス！」

「したくてしてるわけじゃないからそんなこと言わないでゴスケくん！　私だって超恥ずかし

いんだから！」

「今、身体を隠すものを渡すッス！　受け取ってくださいッス――――！」

そう言ってゴスケが投げ入れようとしたのは、セコンドエリアに置いてあったタオルだ。

「!?　ちょ、カゲー！　ゴスケくんを止めて！　早くー！」

危うく不戦敗になるところだった。

『それでは、時間無制限一本勝負。選手の途中交代あり、反則技なし、武器使用あり、どちらかがギブアップするか戦闘不能になるか死ぬまで継続のデスマッチを開始いたします！』

三人がドタバタやっている間にも、試合は粛々《しゅくしゅく》と進行していく。

演出こそプロレス風であるが、宣言された試合内容は要するに、「ルール無用の殺し合い」だ。

テリが先鋒を務めるようで、ドリはリングを降りていく。

そしてセコンドエリアに戻ると、リングの下をまさぐって、何かを引っ張り出してきた。

それは、一振りで馬の首すら断ち切れそうな、大きなマサカリ。

ドリはそのマサカリを、リング内のテリに投げ渡す。

テリはマサカリを軽々キャッチすると、肩に担いで仁王立ちした。

その勇ましくも禍々《まがまが》しい姿は、まさにヒール。

理想的なまでの悪役の体現に、会場は沸いた。

「……すまないね、お嬢ちゃん。仕事なんだ」

そしてテリは、誰にともなくそう独りごちた。

その口調は、見かけによらず紳士的だった。

テリがマサカリを武器として担ぐのは、興行的な見栄えや、ヒールの役作りのためなどではない。

もとよりテリは戦斧術の使い手で、ライオンも象もドラゴンも、それをもってして屠《ほふ》ってきた。

ヒールの設定を与えられ、こんな衣装などを着せられてはいるが、このテリ、中身は本格派の武人である。

『レディ……ファイッ！』

ゴングが鳴った。

テリは闘気を滾《たぎ》らせる。

対してレディーHと名乗る少女からは、強者特有の気迫を感じない。

ゴングが鳴るまで、セコンドのお仲間らとギャーギャー騒いでいるくらいだ。肩の力が抜けているともいえるが、緊張感や集中力も欠いている。

こんな少女を対戦相手に用意したということは、興行主は、暴君テリによる一方的な殺戮《さつりく》ショーを観客に見せたいのだろう。

ライオンや象やドラゴンのときと同じだ。ただ今回は、殺戮の対象がいささか悪趣味ではあるが……。

ともあれテリは、ゴングが鳴ると同時に床を蹴《け》った。

この少女との戦いを、一瞬で終わらせるつもりだった。

せめて苦しまぬように、これ以上の辱《はずかし》めを受けぬように……。

そういった武士の情けがあるがゆえ、テリは本気であった。

渾身《こんしん》の力でマサカリを横薙《よこな》ぎに一閃《いっせん》——それで、少女の首と胴体が、綺麗にお別れを告げるはずだった。

しかし、背筋に冷たいものが走る。

それは不吉の予感だったのであろうか。

信じられないほどあっさりと、テリの渾身の一振りは、少女にしゃがまれて避《よ》けられてしまった。

「!?」

見切られたというよりも、もはやこちらの動きを予測されていたかのよう。

そしてマサカリが空を切り、テリのボディはがら空きだ。

まずいという危機感と、後《ご》の先《せん》への期待が交錯する。

たしかにボディは隙だらけだが、見る限り少女は武器も何も持っておらず、徒手空拳。せいぜい武器を隠し持っていたとしても、ナイフ程度のものだろう。

であれば、仮に一突きされたとて、即死にはならない。

とするならば、そのあとすかさず反撃すれば——すなわち後の先を制すれば勝機はある。

刹那の間に、テリはそこまで思考を馳《は》せる。

そして少女の一撃を受け止めきる覚悟を決めた。

すると少女は、手のひらをテリのボディに差し出した。

掌底突きだとか、そんな攻撃的なものではない。

ただただ添えるように、テリの腹部へ手のひらをあてがった。

……愚かな。拍子抜けだ。

腹に素手を添えただけでこの私を倒せるものか。舐《な》めるな小娘。

憤りにすら似た感情が湧き上がり、テリは反撃に——後の先に移ろうとした。

が、それは叶《かな》わない。

バリバリという破裂音が耳をつんざき、亀裂のような輝きが、少女の手のひらから放射状に走る。

直後、テリの脳天から爪先まで、全身を貫く衝撃と、激痛。

「——っ!?」

全身の筋肉がガチガチに硬直し、声帯すらも締め付けられて、悲鳴や苦悶《くもん》の声すら上げられない。

この感覚には覚えがある。過去にテーザー銃を撃ち込まれたときだ。

あのときはまだ動く余力があったが、これは無理だ。

テーザー銃の数十倍はあろうかという、威力……雷撃か。

そう思い至ったが最後、テリの意識は強制的に遮断された。

巨木が切り倒されるように、テリは頭から傾いでリングに沈む。

試合開始から、たった三秒弱の間の出来事であった。

▼

時を少し遡《さかのぼ》り、選手控室。

「な、な、なにこれ――――!?」

パーテーションで区切られた更衣スペースの裏で、ヒサメは自分の衣装を広げて絶叫した。

(え？　え？　待って、なにこの衣装！　露出多すぎじゃない!?)

無理、ありえない、絶対こんなの着ない、アホか。

プンスカしながらヒサメは衣装を畳もうとしたが、ひらりと一枚のメモ書きが落ちてきた。

衣装に添えられていたものらしい。

拾って読んでみると、

『ヒサメ選手はこちらの衣装をご着用ください。ご着用いただけなかった場合は不戦敗とみなします。　天野《あまの》』

「…………」

メモ書きの向こう側に、天野の笑顔が透けて見える。憎たらしいことこのうえない。

ヒサメはぐぬぬと下唇を噛みつつ、カゲチヨとゴスケを控室から追い出して、渋々その衣装に着替えた。

まぁ、興行主としての天野の立場になって考えてみれば、自分にこんな格好をさせるのも無理はない。

これから出場するのは非合法の地下格闘技大会で、集まるお客さんはみんな、悪趣味なことに、グロテスクなものとエッチなものが大好物なのだから。

とはいえ、自分のあられもない姿が、観衆の目に晒《さら》される——その場面を想像すると、恥ずかしさと気持ち悪さで鳥肌が立つ。

一応覆面マスクが用意されているとはいえ、そんなものは気休めにもならない。

（うう……いやだいやだ……今からでも断っちゃいたい！　逃げたい！）

これまでカレコレ屋の一員として、厄介《やっかい》な仕事を数多くこなしてきた。

血で血を洗うような修羅場だって、いくつもくぐり抜けてきた。

が、今回はその中でも指折りで嫌な仕事だ。

心底げんなりする。

しかし、

（……でも、これもゴスケくんのため、か……）

脳裏をよぎるのは、あの少年の人懐こい笑顔だ。

ちょっぴり世間知らずで、迂闊《うかつ》なところもあるけれど、この渋谷では珍しいほど素直で、真っ直ぐ。

あの子のためなら、力になってあげたい。

あんないい子が、渋谷の闇に飲み込まれてしまうのは、胸が痛む――。

かつては自分も、とある組織のもとで実験動物と称されて、大人たちの道具として利用されてきた。

それは地獄のような日々で、常に廃棄という名の殺処分と隣り合わせで、いっそ死んでしまいたいと願っていた。

そしてそんな日々から抜け出せたのは、決して自分の力なんかではない。

救い出してもらったのだ。

カゲチヨと、シディに――現在のカレコレ屋メンバーに。

おかげで今の自分がある。

自由を謳歌し、気になる人ができたりなんかもして……幸せだと胸を張れる。

だから、今度は、自分の番。

この世界の闇に苦しめられている人が目の前にいたら、自分がその人を救いたい。

かつて自分がそうしてもらったように——。


そんな思いがヒサメを奮い立たせ、ヒサメはゴスケのため、文字通り一肌脱いだ。


衣装はやっぱり恥ずかしかった。

観客の下品な歓声や野次も本当に嫌だった。

けれどリングに上がって、ゴングが鳴った瞬間、ヒサメの思考は即、戦闘モードに切り替わる。


テリという対戦相手が、マサカリを振りかぶりながら迫ってくる。

速い。その巨躯《きょく》からは想像もつかないほど機敏だ。

見かけこそコミカルだが、手練れであることはすぐにわかった。

一方で、そのテリが次にどう動くかも、ヒサメには手に取るようにわかってしまう。

それは、ヒサメが持つ二つの能力のうちの一つによってなせる業。

テリが繰り出してきたのは、首筋を狙《ねら》った横薙《よこな》ぎ一閃《いっせん》。

それはまさしく予測通りの初手で、ヒサメは難なくそれを避《よ》ける。

初撃を空振りしたテリの胴体はがら空きで、ヒサメはそこに、手のひらをあてがった。

そして、能力のうちのもう一つを発動させる。

すると、にわかに全身の毛が逆立って、表皮にピリピリとした感覚が走る。

静電気だ。

さらにはその静電気を破裂させるようなイメージで、意識を集中。

刹那、静電気は莫大な電力へと膨れ上がり、雷撃としてテリを襲う。

ヒサメはその一撃をもって、テリをリングに沈めてのけた。


「――うおおおお！　すすす、すごいッス――――！」

華麗なるヒサメのKO劇に、セコンドコーナーのゴスケは快哉《かいさい》を叫んだ。

会場も、歓声が爆発して大盛り上がりである。

「ヒサメさん、めっちゃくちゃ強いじゃないッスか！　カゲチヨさん！」

「ふっ。あぁ、ヒサメにはカンナカムイっつー、雷を司る神龍のDNAが組み込まれててな。あの通り、自ら電気を生み出して、操ることができるんだよ」

なぜかドヤ顔で解説するカゲチヨ。

ゴスケはそれを素直に聞いて、目をキラキラさせるが、ふと小首を傾《かし》げる。

「……あれ？　それじゃもしかして、初めてカゲチヨさんと会ったときにオークたちをやっつけたのって、もしかしてヒサメさんッスか？」

「ああ。お前もやつらも気付いてなかったみたいだけど、ちょっと離れたところにヒサメもいてな。俺が絡まれてるのを見て、電撃で助太刀してくれたんだ」

「…………………………あ、そうだったんッスね！　なんかてっきり、カゲチヨさんが華麗にオークたちを倒してくれたんだと思ってたッス！　そういう素振りをしてたんで！　けど、ヒサメさんだったんッスね！　ヒサメさんすごいッス！」

「……おい、ゴスケ？　なんか今ちょっと変な間があったなぁ。なんだ？『あ、自分を助けてくれたのってコイツじゃなかったんだ。ヒサメさんだったんだ。ヒサメさん派に乗り換えよ！　カゲチヨとかいうクソブラフ野郎はイラネ！』ってことか？　あ？　こら。テメ」

「!?　ちちち、違うッス！　そんなこと考えてないッス！　ただ『あー、なんだそうだったんだ』って納得しただけッス！」

「は？　納得？　納得ってなんだこら。あ？　てめ。は？　こら」

「ひぃ～！　ヒサメさん！　助けてッス～！」

「いや、わたし今試合中だから。何やってんのもう」

しょうもないいさかいを始めたセコンドに、ヒサメは呆《あき》れてため息をついた。

ともあれ、カゲチヨの解説の通り、ヒサメはもともとただの人間であるが、カンナカムイ

――電龍のDNAが組み込まれている。

それが実験動物と称されていた所以《ゆえん》だ。

もっとも、ヒサメの特異性は、能力は、これだけにとどまらないのだが……。

『テリ選手、ダウ―――――ン！　まさに瞬殺！　このレディーH、見かけだけでなく確かな実力の持ち主だった――！　さぁ、相棒がやられ、見かねたドリが動きだしたぞ！』

テリが倒れ、リングアナウンサーが煽《あお》る。

すると今度は、腕が六本生えた異宙人――ドリがリングへ上がってきた。

ドリはすでに、完全武装の臨戦態勢だ。

投げナイフ、槍、鞭《むち》、モーニングスター、弓矢……六本の腕、全てに武器を持ち、禍々《まがまが》しい威容でヒサメと対峙《たいじ》する。

まさにヒールという佇《たたず》まいだが、それだけではない。

「……ふん！」

ドリは倒れるテリのそばへ行くと、テリを思い切り蹴《け》り飛ばし、リング外へと落とした。

「敗者を相棒とは呼べぬ」とでも言いたげな、非情な振る舞いだ。

その徹底したヒールっぷりに、観客は歓声とブーイングで盛り上がっていた。

ヒサメが「うわー、テリさんかわいそ」と敵ながら同情していると、ドリが言う。

「テリは役作りしてたけどよぉ、俺ぁマジだぜ、ねえちゃん」

言いながら、ドリは投げナイフに舌を這《は》わせ、さらにはヒサメの全身を舐《な》めるように見回してくる。

「男だの猛獣だのをぶっ殺しても、いまいちスッキリしなかったんだよなぁ〜。俺ぁやっぱり、キレイな姉ちゃんの肉体をズタズタにしたかったんだよなぁ〜！　そのことを天野《あまの》さんに言い続けてたら、や〜っと俺の願いを聞いてくれたなぁ〜！」

そうしてドリは、恍惚《こうこつ》とした表情を浮かべた。

どうやら嗜虐《しぎゃく》的な性癖の持ち主らしい。

その眼差しのいやらしさに、ヒサメは鳥肌を立てる。

「うえ、気持ち悪……」

「かわいい悲鳴を聞かせてくれよなぁ！」

そしてドリは、待ちきれないとばかりに弓を引いた。

投げナイフを投擲《とうてき》した。

鞭とモーニングスターを振るい、鋭く槍を突き出した。

これらの攻撃を、六本の腕をもってして、全て一斉に繰り出した。

マサカリを用いた近接戦闘を得意とするテリとは対照的に、ドリは徹底して中距離での戦闘を得意としているようだ。

敵を一切近寄らせずに、自らは安全圏内に身を置いたまま、敵を一方的になぶり、痛めつけ、蹂躙《じゆうりん》する——なんともいやらしいやり口だ。

しかしその、手数にものを言わせた猛攻の威力は絶大。

常人では到底捌《さば》ききれない凶器の嵐が、ヒサメを襲う。

が、

「わたし、こんな悪趣味なショーに付き合うつもりはないから、すぐに終わらせるね」

「!?」

ご自慢の猛攻の全てを、ヒサメは事もなげにスルスルと躱《かわ》した。

ドリは驚愕《きようがく》し、目を見開く。と同時に、背筋に冷たいものを感じた。

それは、テリがヒサメと対峙《たいじ》したときに抱いた感覚と同じものだった。


「——すごい……ヒサメさん、攻撃を全部避《よ》けてるッス!」

ヒサメの回避能力の高さに、セコンドコーナーのゴスケは舌を巻いた。

するとカゲチヨが、ゴスケに耳打ちする。

「粉雪だ」

「え?」

「よーく見てみ? リング上、粉雪が舞ってるだろ?」

言われて目を凝らしてみれば、たしかにリング全体に、薄っすらと粉雪が舞っている。

そう言えばさっきから、妙に肌寒いと思っていたが……。

「ヒサメの身体に組み込まれてるのは、カンナカムイのＤＮＡだけじゃない。雪女のＤＮＡも組み込まれてる。だから電気だけじゃなくて、アイツは雪や氷も自在に操れるんだ」

そう。

ヒサメはいわば、カンナカムイと雪女のハイブリッド。

なのでたとえば、きめ細かな粉雪を舞わせれば、この通り。

空気の揺れに反応する粉雪の動きから、その場にいる者の動きを予測することも可能。

どんなに攻撃の手数が多かろうと、その軌道は全て、ヒサメには捕捉されてしまっている
――。


「ク、クソっ……！　このガキがぁ！」

リング上、ドリは焦り、悪態をつく。

ドリは試合開始まで、一方的にヒサメを蹂躙する側だと自惚《うぬぼ》れていた。

しかし、それはとんだ思い違い。逆に自分が蹂躙される側なのだと察し、目の色が変わった。

一旦、さらに距離を取って、態勢を立て直そうと試みるが、それも叶《かな》わない。

どういうわけか、足が動かない。

見ればドリの足元が、氷漬けにされて、身動きが取れないようになっていた。

「あ、あ」

なすすべなく、情けない声を漏らすドリ。

そんなドリに、ヒサメは冷ややかな眼差しを向けた。

「それじゃ、おしまい」

ヒサメは指揮を執るように腕を振るう。

すると、リング上に舞っていた粉雪が、拳大の氷の礫《つぶて》となって、ドリに殺到する。

ヘビー級ボクサーのパンチを百発叩《たた》き込まれるのと比べても、何ら遜色《そんしょく》のない攻撃。

ドリはそれを全身に食らってリング外へとふっ飛ばされた。

「……ふぅ」とヒサメが一息つく。

その圧倒的な強さに、能力の派手さに、会場はどっと揺れた。

「やったッスー――!」

「まあまあだな」

ゴスケもセコンドで飛び跳ねて、カゲチヨは相変わらずなぜかドヤ顔。

これで試合終了、陸王会との手打ちも果たされた……かと思いきや、

「……これもうわたし、帰っていいの？　いいんだよね？」

退場の指示もなければ、そもそも試合終了のゴングも鳴らないしで、ヒサメはリング上で右往左往。

なにこれどうすればいいの？　とヒサメが戸惑っていると、リングアナウンサーが何やら言いだした。

『テリに続いてドリもダウ────ン！　レディーHの実力は本物だ────！　……しかし、このまま黙って引き下がる暴君ではない！　この地下帝国で王の座に君臨し続けてきた意地がある！　死なば諸共、道連れの覚悟！　暴君、最期のひと暴れだ────！』

リングアナウンサーが声を張り上げた直後、リングサイドで気絶していたテリに、異変が起こる。

「う、う、うごああああああ！」

ビクンビクンと身体が痙攣《けいれん》しだしたかと思えば、テリは苦しげな叫び声を上げた。

そしてテリの胸に埋め込まれていた宝石が、眩《まばゆ》い赤光を放つ。

と、胸の宝石が、全身に、鱗《うろこ》のように広がっていく。

さらにはテリの全身の筋肉がボコボコと膨れ上がり、骨格すらもバキバキと変形してしまう。

見る間に、元の人の姿は捨て去られた。

紅き宝石の鱗で覆われた、四足歩行の狼────テリが成り果てたのは、それだった。

突然の出来事に、ヒサメは息を呑む。

「え、な、何あれ!?」

『暴君テリが最期に咲かせる一華は、自らの身体に埋め込んでいた〝ビーストクリスタル〟！

〝ビーストクリスタル〟は身体能力を大幅に向上させる異宙の鉱石だが、さらに生命の危機に直面すると、自らを獣の姿にして延命を図ることができるという、まさに秘宝中の秘宝！　これは目が離せない――――！』

「ガルルアアアアア！」

テリの咆哮《ほうこう》が会場に轟《とどろ》く。

ビーストクリスタルという代物の物珍しさに、観客は大興奮。

テリはヒサメに目をつけると、リング上に飛び上がってきた。

どうやら試合はまだ、終わっていない。

「ガルァ！」

「!?」

テリは床を蹴《け》り、ヒサメに飛びかかってくる。

ヒグマよりも一回りは大きな手と爪で、ヒサメを切り裂こうとする。

「くっ！」

それをヒサメは、避《よ》けきれなかった。

爪の切っ先が肩をかすめ、切り傷から血が流れ出す。

「!?　どうした！　ヒサ！」

リング上のヒサもセコンドのカゲチヨも、緊迫して顔色を変える。

先ほどまでは敵の攻撃を難なく避けられていたのに、急にヒサメの動きが鈍りだしたのだ。

その理由を、ヒサメ本人が口にする。

「粉雪が、溶けてる……！　この狼、体温が異様に高い！」

ふと気付いてみれば、リング上に舞っていた粉雪が消えている。

リングサイドにまで漂っていた冷気が立ち消え、むしろ今は熱風が吹き付ける。

それは、空調の風などでは断じてない。

テリの周囲に、陽炎が揺らめいていた。

見れば、全身を覆う赤い宝石の鱗《うろこ》は、その一つ一つがほんのりと輝き、熱を発しているようだった。

そのため、粉雪が溶けてしまい、ヒサメはテリの動きを予測することができない。

それどころか……、

「くっ！　このぉ！」

ヒサメは、持ち前の動体視力と反射神経のみで追撃をなんとか躱《かわ》しながら、隙を見て反撃に転じる。

氷がなくとも、ヒサメには電気がある。

ヒサメはテリの牙を避けながら、右腕に溜めた渾身《こんしん》の電撃を、テリに打ち込んだ。

しかし、

「ガアアウ！」

テリは何事もなかったかのように、ヒサメを噛み砕かんと牙を振るってくる。

「え、ちょっと、なんでぇ!?」

さすがのヒサメも動揺を隠せず、悲鳴を上げテリング上を逃げ回る。


「――〝熱〟を帯びた〝宝石〟か……ヒサとは相性が悪すぎんな」

ヒサメの苦戦っぷりを見て、セコンドコーナーのカゲチヨは、小さく舌打ちした。

言わずもがな氷雪は熱に弱く、宝石は電気を流さない。

ビーストクリスタルで変身したテリは、ヒサメにとってはほぼ天敵。

このままではジリ貧で、やがてその爪と牙の餌食《えじき》となってしまうだろう。

「……選手交代か」

満を持して、カゲチヨがつぶやいた。

頭にかけていたタオルをバサッと剥《は》ぎ取り、今にも飛び出していきそうな雰囲気だ。

「カゲチヨさん、いよいよ出るんスか!?」

ゴスケが期待の眼差しをカゲチヨに注ぐ。

これはそもそもタッグマッチ。ヒサメが苦手とする相手ならば、カゲチヨが出て戦うのが常道。

そうゴスケは思ったのだがしかし、カゲチヨは再びタオルを被《かぶ》り直して、すごい勢いで首と手を横に振った。

「え!?　いやいやいやいやムリムリムリ。あんなの俺の手には負えねえって。そもそも俺、セコンドだし」

カゲチヨは「何言ってんのコイツ……」みたいな顔でゴスケを見るが、その顔をしたいのはゴスケのほうだ。

「俺の出番か！」とばかりにタオルをバサッとやったのはなんだったのか……。紛らわしい……。

「じゃ、じゃあ、タッグマッチっていうのは……」

まさか自分に出ろなんて言わないッスよね……とビクビクしていたら、ふとカゲチヨは、選手入場口に視線をやる。

そして、ひょいと手を上げた。

「お、来た来た。おーい。こっち！」

誰に言っているのだろう。

ゴスケはカゲチヨの視線の先を追う。

と同時に、花道が突如ライティングされ、リングアナウンサーが叫ぶ。

『ご来場の皆様、お待たせいたしました！　レディーHのピンチを聞きつけ、下町の何でも屋チームの仲間が駆けつけたー！　お天道様が認める腕っぷしの強さに、お月様も振り向かせる男の色気、ミスターSの入場ぅぅぅう！』

眩《まばゆ》いスポットライトを一身に浴びて、一人の男が花道から出てくる。

肌は健康的な褐色で、長く美しい白銀の髪の毛を、後ろで一本に束ねている。

それが尻尾《しっぽ》みたいだと思いきや、腰にも本物のフサフサの尻尾。

そしてただでさえ高い身長に、犬耳がピンと立っているため、スタイルの良さが尋常ではない。

背筋を伸ばして堂々と花道を歩く姿は、さながらファッションショーのモデル。

衣装も、その男のスタイルの良さや色気を強調するためか、かなり際どいローライズパンツに、ベリーショート丈のベスト。

あけすけに言ってしまえば、男娼《だんしょう》のようだ。

しかし、であればこそ、会場内からはこれまで控えめだった女性客の黄色い歓声が爆発した。あるいは一部、野太い男の声援が上がっているのは、そちらの層からの支持だろう。

顔こそ覆面マスクで隠しているが、イケメンであることを隠しきれていない。

彼の名はミスターS、もとい、――

「おせーよ、シディ」

「シディ、遅い！」

カゲチヨとヒサメが呼ぶ通り、カレコレ屋メンバーの最後の一人、シディその人である。

何を隠そう、地下格闘技大会の出場選手として天野《あまの》から指定されていたのは、ヒサメとシディであったのだ。

「すまん。アルバイトが予定より長引いてしまって、遅くなった」

爽《さわ》やかに、ともすれば緊張感なくシディは微笑み、てくてくとリングへ歩み寄る。

その言葉通り、シディはカレコレ屋の本拠地で仕事をしていたのだが、急遽《きゅうきょ》渋谷に呼び出され、この場に馳《は》せ参じたのだ。

「シディ！　バトンタッチ！」

テリの攻撃をかいくぐり、ヒサメが青コーナーに戻ってきて、ロープの外へ手を伸ばす。

その手のひらとタッチを交わし、ヒサメと入れ替わりで、シディが華麗にリングに降り立った。

そして会場をぐるりと見回して、セコンドのカゲチヨに尋ねる。

「ウム。それで、何をすればいいんだ？」

「見りゃわかんだろ。やっちまえ」

カゲチヨが顎《あご》で指し示す先、テリが獰猛《どうもう》な唸《うな》り声を上げている。

シディは、ぽんと手を打った。

「なるほど、承知した。この子犬を散歩に連れていけばいいんだな？」

「なんでそうなるんだよ……」

カゲチヨがげんなりと肩を落とす。

ゴスケも「こんなすっとぼけた人が、カレコレ屋最後のメンバー……?」と、ついつい訝《いぶか》しんでしまう。

それほどの緊張感のなさと、抜けっぷりだ。

「って、シディ! 後ろ!」

「ウヌ?」

カゲチヨが鋭く叫んで注意を促す。

けれど、間に合わなかった。

シディが振り向くと、目と鼻の先にもうテリが肉薄していて——振り下ろされた巨大な前脚で、シディはグシャッとリングに叩《たた》きつけられた。

その衝撃は凄《すさ》まじく、鉄板で頑丈に補強されているはずのリングが、大きく陥没する。

あ、死んだと、ゴスケはそう思った。

しかし、

「——なるほど。ヤンチャな子だ。この子の遊び相手を務める仕事ということか。じゃれ合い、ワンプロが所望だな!」

シディはケロッとした顔で、普通に立ち上がってきた。

あまつさえ、これだけされてもなお、テリの子犬扱いを改めなかった。

カゲチヨはやれやれと苦笑を漏らす。

「……図らずも正解に辿《たど》り着いたな。あぁ、そうだ。プロレスごっこだよ！　その犬っころに、上下関係をきっちり叩き込んでやれ！」

「承知した」

シディは頷《うなず》くと、両手を広げて、テリに歩み寄っていく。

表情も変わらず穏やかなもので、まるでテリを抱きしめようとしているかのようだ。

「グルルゥ……ガルァ！」

無論、黙って抱きしめられるテリではない。

今度はシディを噛み砕かんとするように、口を大きく開けてシディに飛びかかった。

が、シディは、そのテリの両の前脚をガシッと掴《つか》んだ。

「……っ!?　ガ、ガ、アガァ!?」

それだけで、テリの動きが止まる。

シディは特別、何をしているわけでもない。

ただただ、テリの前脚を掴み、腕力で身動きを取れなくしているだけだ。

「ウム。ワンプロはそのまま狩りの練習になるからな。大事なことだ。目一杯やろう！」

言いながら、シディはテリをリングに投げつけた。

タオルか何かを扱うように軽々と、力任せにテリをぶん回し、リングに叩《たた》きつけたのである。

先ほど陥没した跡が、さらに大きく凹む。

「ガハッ……！」

テリから苦悶《くもん》の呼気が漏れた。氷も雷も通用しないテリであったが、自身を凌駕《りょうが》する純然たるパワーの前にはなすすべがない。

それでもなおテリは戦意を失わず、なんとか立ち上がろうとした。

するとその頭部に、シディがそっと手を置いた。

テリの頭を撫でるかのように、優しく置かれた手のひらであったが、そこに込められたパワーは無慈悲なまでに膨大で——、

「〝伏せ〟だ」

シディはテリを伏せさせた——もとい、頭部を思いっきりリングに叩きつけた。

もはやリングは、陥没どころの騒ぎではない。

凄《すさ》まじい破壊音とともに、真っ二つに割れてしまった。

「——こんなところか」

パンパンと手を払いながら、シディが割れたリングの残骸から姿を現す。

テリは断末魔すら上げられず、瓦礫《がれき》の下で、完全に沈黙。

勝負ありだ。

『決着ぅ〜〜〜〜！』

リングアナウンサーが宣言し、カンカンカンとゴングが鳴って、会場は興奮の坩堝《るつぼ》と化す。

割れんばかりの拍手と歓声がシディに注がれる。会場最前列の関係者席で観戦していた陸王会若頭の天野《あまの》も、満足げに笑っていた。

その圧倒的な強さと華には、ゴスケも目を奪われる。

「あの人が……シディさんッスか……！　めっちゃくちゃ強いッスね！」

ゴスケの驚きようが面白いのか、カゲチヨはふふんと得意げに笑った。

「ああ。狼男と太陽神ホルスのＤＮＡを持っててな、カレコレ屋最後の一人で、カレコレ屋最強の男だよ」

ヒサメも驚くほど強かった。

けれどシディの強さは別格だった。

〝カレコレ屋最強〟――その言葉の持つ頼もしさに、ゴスケは憧憬《しょうけい》の念を抱かずにいられない。

鮮烈なまでに眩《まぶ》しいシディの姿を、ゴスケはその目に焼き付けた。

幕間の夢　2

「――ほら、ゴスケ！　ゴスケってば！」

舌っ足らずな幼い声が、自分の名前を呼んでいる。

ふと気がつけば、自分はダイニングテーブルを囲んでいた。

といってもおもちゃのダイニングテーブルで、人形のサリーちゃんや、熊のぬいぐるみも席に座らされている。

「サリーちゃんがごはんをたべられなくてこまってるわ。てつだってあげて。あなたはボディーガードでしょ。リコママはおせんたくにおそうじにおおいそがしなんだから、おねがいよ！　あーいそがしいいそがしい」

リコはゴスケたちの周りをあっちへ行ったりこっちへ行ったりと、その言葉通り忙しそうだ。

するとそこに、リコのパパがやってくる。

「何をやっているんだい、リコ」

「あ、パパ！　ゴスケといっしょにオママゴト！」

「オママゴトか。いいね。サリーちゃんも……それにゴスケも参加なのか」

「ええ、そうよ。いまはまだなにもしゃべらないしうごかないけど、いつかゴスケはわたしたちのボディーガードになるんだから、よこーえんしゅうがひつようだわ！」

「そうだね。確かにその通りだ」

大人びているんだか子供っぽいんだかわからないリコの口振りに、リコのパパは口元を綻《ほころ》ばせる。

「ゴスケがボディーガードになったら、いっしょにおかしをつくったり、おててつないでピクニックへいったり、かけっこしたりしてあそぶの！」

「ふふっ、それはとても素敵だね。パパが思い描く〝ボディガード〟とは少し印象が違うけれど……それはもうお兄ちゃんとかお友達という感じだけれど……そういうボディガードがいてもいいね」

パパが同意してくれてリコは満足げだ。

あぁ、なんて優しくてあったかい時間なのだろうと、ゴスケはしみじみ思う。

こんな時間がずっとずっと続きますようにと、ゴスケは心の底から祈り願う。

すると、リコはゴスケのそばに寄り添って、ゴスケにひそひそと耳打ちした。

「ねえ、わたしのこえはきこえてる？　ゴスケ。はやくわたしのボディーガードになってね」

（……聞こえてるッスよ、リコ）

自分はまだまだ目を覚ましたてだから、返事すらできないのがもどかしい。

けれどゴスケは、たしかにその胸中で、リコに返事をした。

リコの願いを聞き届け、大きく頷《うなず》いていた。
早くリコたちと同じ姿になって、たくさんおしゃべりをしたい。
一緒にかけっこしたり、お手々を繋《つな》いでピクニックに行ったりしたい。
そしてリコのボディーガードになりたい。
この、穏やかで優しい時間を護《まも》れるように……。

それがゴスケの何よりの夢だった。

そしてその夢は結局、夢のままで終わってしまった。

ch.3 リコという子

地下格闘技大会の翌朝、ゴスケはカレコレ屋の事務所のソファで目を覚ます。

また、夢を見ていたような気がする。

ただ寝心地がよかったせいで、すぐに夢の内容など忘れてしまった。

ともあれゴスケは目を覚ましたが、目をつぶったまま寝たふりを続行。

それが、ヒサメの朝食を穏便に回避するために、ゴスケが学んだ処世術だ。

しばらくすると、カゲチヨの声がする。

「――ふぁ〜あ、おはよーさん」

「あ、カゲ、やっと起きた。朝ご飯は？」

「んー、中途半端な時間だからいいや」

「あ、そう」

「……ふあーあ、よくねたッスー」

ここだ！　というタイミングで、ゴスケも今目を覚ました体で起き上がる。

「あ、ゴスケくんもおはよう！　ぐっすりだったね！　昨日は色々あったから疲れてたのかな。朝ご飯は？　食べるでしょ？」

「いえ！ 自分も中途半端な時間なので、昼ご飯といっしょにでいいッス！ お気遣いありがとうございますッス！」

そしてヒサメの朝食のお誘いを、丁重に躱《かわ》した。

カゲチヨがニヤニヤしているのをゴスケは見逃さなかったが、あえて触れない。

「お、みんな起きたみたいだな。おはよう」

ややすると、散歩に出ていたらしいシディも事務所に帰ってくる。

いよいよカレコレ屋のフルメンバーが揃《そろ》い踏みを果たし、また新たな一日が始まった。

◆

「さて、ひとまず昨晩の地下格闘技大会で、陸王会とは手打ちになった。あとは闇バイトの胴元、コッポラとの手打ちだな」

応接間のソファに各々腰掛け、お茶を飲みながらの作戦会議。

カゲチヨが主導して、話を進めていく。

ゴスケが巻き込まれたトラブルを解決するためには、陸王会だけでなくもう一つ、話をつけねばならない相手がいる。

それが今名前の挙がった、コッポラだ。

コッポラは、ゴスケがやらされていた違法薬物デリバリーの闇バイトの元締めであり、異宙人マフィア『異リーガルギルド』の一員である。ヤクザの陸王会同様、危険で厄介《やっかい》な相手だ。

カゲチヨは続ける。

「コッポラからの赦《ゆる》しを得るなら、まずは女にパクられたブツを回収して、それを手土産《てみやげ》に詫びを入れに行くってのがベターかな。んで、パクった女がキャバ嬢となると、やることは一つ……俺たちも夜の世界に飛び込んで、情報収集だ」

「ウム、ホストだな」

「そゆこと。……ハァ、気が重い……前もやったけど苦手なんだよなぁ……」

シディは何食わぬ顔で頷《うなず》いて、カゲチヨは憂鬱《ゆううつ》そうに項垂《うなだ》れる。

ゴスケはホストと聞いて眉《まゆ》をひそめた。

「ホストって……あれッスか!?　女の子を騙《だま》してお金をとったり、働かせたり、グラスを積み上げて遊んだりっていう、あの……!?」

世間知らずのゴスケであるが、ホストなる存在の概要は、ぼんやりとリコから聞き及んでいる。

リコの話によれば、ホストとはすなわち〝おんなのこをくいものにするケダモノ〟だとか。オママゴトで食事を囲みながら、リコがプリプリと怒っていたことがあった。リコ自身はホストクラブなんて行ったことがないだろうから、テレビか何かで観たのだろう。

だからゴスケはホストと聞いて、つい抵抗感が出てしまう。

「お、お気持ちは嬉しいッスけど、自分なんかのためにひどいことしちゃダメッス！　女の子には優しくしなきゃダメッス！　お行儀も悪いッス！」

鼻息を荒くするゴスケ。

これにカゲチヨとシディは、顔を見合わせて苦笑を漏らす。

「あー……ゴスケ、お前ちょっとだけ知識が偏ってるな。シャンパンタワーに関してはまぁたしかに、ごめんなさいとしか言いようがないけど」

「ウム。ゴスケ、たしかにそういうホストも一定数いる。だが、俺たちは女性を傷つけるような真似はしない。あくまで女性に無理のない範囲で遊んでもらうし、無理をしそうなら止める」

シディはそう言って、純真な笑顔をゴスケに向けた。

「そうすれば誠意が伝わって、必ずナンバーワンになれるんだ。女性を騙したりする必要なんてない。そのことは、この俺が身を持って実践済みだ」

先ほどからのこの口振りからして、シディはすでにホストをやっていた経験があるらしい。

すると、カゲチヨがひねた目でブツブツ言う。

「……シディがあっさりナンバーワンになれる理由は、たぶん誠意じゃないけどな……。もっと現実的で、身も蓋もない理由……そう、顔だ……顔なんだよ……！　世の中結局イケメンがナンバーワンかつオンリーワンなんだよクソッタレ……！」

「カゲ、ひがまない。醜い顔してるよ」

「ほらな！　醜い男には女は冷たいんだ！　ワッ」

「泣くな喚《わめ》くなめんどくさい」

シディとの顔面偏差値格差については、カゲチヨには思うところがあるようだ。

それを噴出させて、ヒサメに呆《あき》れられている。

そんなやり取りも日常茶飯事のようで、シディは二人には構わず続ける。

「そういうわけで、ゴスケの心配には及ばない。誰も傷つかない方法で情報収集に努めるさ」

「……そうッスか」

シディの眼差しは真っ直ぐで、本人の言う通り、誠意が伝わる。

まだ昨晩会ったばかりだが、この人は嘘《うそ》を言わない——否、言えない人なのだろうというのがわかる。

だから、そんなシディが心配ないと言うのなら、きっとそうなのだろう。

ゴスケの中にあった、ホストというものへの抵抗感が薄れていく。

そしてむしろ、意欲すら湧いてきて、ゴスケは申し出た。

「……だったら自分にも、ホストで情報収集するのを手伝わせてほしいッス！」

それは思わぬ申し出であったのか、カレコレ屋の三人はキョトンとする。

なんなら、冗談か何かでゴスケが言っているのだと思っているかのような空気すらある。

だからゴスケは、自分が本気である旨を伝えるべく、真剣に言った。

「みなさんに頼ってばっかりなのは、嫌ッス」

カレコレ屋は商売で、自分は客だ。

だからそんなことを気にする必要など、本来はないのかもしれない。

けれどこれは、カゲチヨと出会ったときから燻《くすぶ》っていて、昨晩のヒサメとシディの活躍を目の当たりにしたことでいよいよ膨れ上がり、抑えきれなくなった感情。

誰かに助けを求めなければ、自分で自分の尻も拭けないほどの、己の弱さ。無力さ。

それが、不甲斐《ふがい》なくて仕方がない。

だから、少しでも自分も、何かしたい――。

そんなゴスケの想いは、少なくともシディには届いたようだ。

「ウム！　よく言った、ゴスケ！　ともにホストを頑張ろう！」

「！　はいッス！」

シディはそう言って、ゴスケの肩を優しく揺する。

やった！　自分も役に立てる！　ゴスケが喜んだのも束の間、カゲチヨがシディをたしなめる。

「待て待て待て。こいつまだガキだぞ。ホストなんてさせられねえよ」

そう言われるのも仕方ない。

けれどゴスケは食い下がった。

「自分、女の子の相手は得意ッス！　オママゴトとかお人形遊びとか、結構付き合ってたッス！」

「おぉ、完璧じゃないか！　ホストの即戦力だな！」

「ほんとッスか!?　やったッス！」

「だめだめだめ。全然完璧じゃねえよシディ。こいつの言う女の子って、おもっくそ女児じゃん。ホストの客は大人の女性客だろ」

「実年齢よりも若い女性扱いすると、お客さんからは喜ばれるぞ？」

「それにも限度があるだろ……」

「俺が接客していると、女児に戻るおばあさんも過去にいたが？」

「おおぅ……。生々しい……。いやそりゃいるにはいるんだろうけど、少数派だ。こいつには無理だ」

シディはゴスケの気持ちを汲《く》もうとしてくれるが、カゲチヨはあくまで冷静だった。

「あんま目立つのもよくねえし、事務所で大人しくしてろ」

カゲチヨのその一言には、子どものわがままをなだめるような響きがあった。

それを察せぬゴスケではない。

「……はいッス……。すみませんッス……」

自分のこの気持ちも単なるわがままに過ぎないと、ふと弁《わきま》えて、ゴスケはそれ以上何も言わなかった。

◆

昼下がり。

カレコレ屋の事務所は静かだった。

カゲチヨとシディはホストクラブで働く算段をつけに出ていった。

そのため今事務所にいるのは、ヒサメとゴスケの二人。

ヒサメは応接間で教科書とノート、プリントを広げ、学校の宿題をしていた。

ヒサメはカレコレ屋の一員だが、現役の女子高生でもある。渋谷にいる間は登校こそできないが、リモートで授業を受けており、出席日数を確保している。

ただヒサメは、今ひとつ宿題に集中できずにいた。

というのも、ゴスケが事務所内の掃除に励んでいたからだ。玄関から床、トイレ、台所、浴室などの水回りまで。

ヒサメの邪魔にならないようにという配慮か、ゴスケはヒサメに話しかけてこないし、作業も物音を立てないようにしている。

ただそれでも、ヒサメからすると様子が気になる。目障りとかではなく、「そんなに頑張らなくても」という意味合いで。

「くつろいでていいんだよ? ゴスケくん」

だからヒサメはゴスケに呼びかけた。

しかし、ゴスケはハキハキとそれを固辞した。

「いえ! なにかやらせてほしいッス!」

事務所の掃除は、ヒサメがお願いしたことだ。

ゴスケが自発的にやり始めたことではない。

きっと、ホストクラブでの情報収集に連れて行ってもらえなかったから、代わりに何か仕事を——という思いがあるのだろう。

そう察せられるだけに、無理やりやめさせるわけにもいかない。

「ところで、ヒサメさんはさっきからなにしてるッスか?」

気にはなっていて、質問するタイミングを窺っていたのだろう。ヒサメが話しかけたから、ゴスケも尋ねてくる。

ヒサメは答えた。

「これはね、学校の宿題」

ゴスケは「へー!」と感心し、そして、ふんすと意気込む。

「手伝うッスよ！　なんなら代わりにやるッス！」

「平気だよ。ありがと」

ヒサメは乾いた笑いを漏らす。

気持ちは嬉しいが、宿題はちゃんと自分でやりたい。

「ていうか、ゴスケくんって勉強できるの？」

「できないッス！」

「あはは、そっか。潔いね。——あ、だったら勉強教えてあげよっか？」

ふとした思いつきで、ヒサメは言ってみた。

すると、

「え!?　いいんスか!?」

「うん」

「やったッスー！」

ヒサメの申し出に、思いのほかゴスケは食いついて、飛び跳ねて喜んでくれる。

これだけ良いリアクションをしてくれると、ヒサメとしても嬉しいし、やる気も出るというものだ。

ヒサメはゴスケのために、いそいそと紙とペンを用意する。

と、

「……あ、あ、でも、すみませんッス。勉強よりも、ヒサメさんには教えてほしいことがあるッス」

ゴスケが、遠慮がちに言ってくる。

教えてほしいこと？　なんだろう。

少し考えたら、閃《ひらめ》いた。

「あ、料《りょう》り——!?」

「違うッス！」

速攻で、食い気味に否定された。

解せぬ……とヒサメは眉《まゆ》をひそめたが、ゴスケは料理の件にはそれ以上触れず、ヒサメにこう言ってくる。

「あの、ヒサメさんに、強くなる方法を教えてほしいッス」

「え？」

それは、予想だにしなかったお願いで、ヒサメは面食らう。

「自分もヒサメさんみたいに強くなりたいッス。電気をバリバリ〜って出したり、氷をヒュオーって吹かせたりして、戦えるようになりたいッス！」

ゴスケは目をキラキラさせて、ヒサメに教えを乞《こ》い願う。

どうしたものかとヒサメは悩み、言葉を選びながらゴスケに諭した。

「うーんと……それは、ちょっと教えられないかな……」

「だめッスか……」

「あ、ごめんね!?　べつに嫌とか、意地悪で言ってるわけじゃないんだよ!?　ただこれってもう、生まれつきの能力っていうか、そういうものだから、人に教えられるものじゃないんだよね」

シュンと項垂《うなだ》れるゴスケに、ヒサメは釈明する。

ゴスケにはなんだか申し訳ないが、しかし、それが事実だ。

ヒサメにとってこの能力は、体得したものではない。

能力の扱い方や最大出力の向上については、確かに努力した面もある。が、根本的には付与されたものだ。自らの意思とは何ら関係なく。

「生まれつき……。……シディさんも?」

「そうだね。シディもやっぱり生まれつきによるところが大きいかな」

「……そッスか……」

ゴスケはポツリとつぶやく。

「それじゃあ自分は、強くなれないッスか……」

その声音には、明るく元気なゴスケからは想像もつかないような、深い絶望が滲《にじ》んでいた。

「い、いや、あくまで私とかシディを基準にしちゃったらって話ね!?　筋トレしたり格闘技を習ったりすれば、強くはなるんじゃないかな⁉」

ゴスケの落ち込みようがあまりにも激しいので、なんとか励まそうとするヒサメ。

「⁉　ほんとッスか⁉　それやれば、鉄砲で撃たれても弾き返せるようになれるッスか⁉」

「そ、それはちょっと無理かな……」

「……そッスか……」

一瞬、ゴスケの瞳にキラキラとした輝きが戻ったが、それもすぐに消滅し、どんよりとした目つきに変わる。

希望と絶望の乱高下が著しい。

裏を返せば、それほどまでに、ゴスケは〝力〟に焦がれているということだろうか。

ただ「強い人ってカッコいい！　憧れる！」くらいの考えでは、こんなにも落ち込んだりはしないだろう。

とすると、ゴスケをここまで〝力〟へと駆り立てるものは、一体何なのだろう。

「……勉強はいい？」

優しく、そっと、ヒサメは問いかける。

するとゴスケは、無理やり気持ちを切り替えるように、ブンブンと頭を振って、ヒサメに言った。

「……いえ、教えてほしいッス！　ありがとうございますッス！」

その瞳は、強い意欲で燃えている。

この直向《ひたむ》きさが、ヒサメには嬉しく、そして眩《まぶ》しい。

「……うんっ。がんばろ！」

だからヒサメも、とびっきりの笑顔でゴスケを鼓舞した。

この少年の力になりたいと、改めて心の底から願った。

◆

「――わー！　すごい！　足し算引き算くらいしかできなかったのに、どんどんできるようになるじゃん！　学習能力高い！」

ヒサメとゴスケのお勉強タイムが始まって、はや二時間ほどが経過した頃。

ヒサメは拍手とともに、ゴスケに賛辞を送った。

おだてや社交辞令はなく、ゴスケは本当に、飲み込みが早かった。ちょっぴり世間知らずというだけで、地頭はいいのだろう。

「いえ、ヒサメさんの教え方がうまいッス！　すごくわかりやすかったッス！」

しかもそれでいて、この謙虚さである。

そして屈託のない笑顔である。

打てば響くとはまさにこのことで、出来の良い弟のようで、ヒサメにはゴスケが可愛くて仕方がない。

「えへへ。そう？　ゴスケくんは教え甲斐《がい》あるなぁ。カゲだとこうはならないもん」

むしろヒサメの方こそ気をよくし、充実感を覚えるのだった。

（そういえばゴスケくんって、ご両親はいないって言ってたけど、学校とかはどうしてたんだろ……）

そんな疑問もふと頭をよぎった。

が、それよりも気がつけば、部屋が暗い。

はてと思い、ヒサメは掃き出し窓から外を見やる。

すると、さっきまで青空だったのが、今は暗灰色の雲に覆われていて、ぽつりぽつりと雨が降りだしていた。

「あ、降ってきちゃった。通り雨かな」

「本当ッスね」

「洗濯物、洗濯物。カゲたち、傘持ってってたかなぁ」

「…………」

ヒサメはカゲチヨとシディのことを案じながら、干してあった洗濯物の取り込みに、ベランダへ出る。

そして、洗濯物を抱えて戻ってきたら、ゴスケの姿がなくなっていた。

「あれ？」

トイレかな？　と思いきや、トイレにもいない。

どの部屋にもいない。

玄関を見れば、靴もない。

「ゴスケくん……？」

傘立てに差してあったビニール傘も、一本なくなっているのだが……それには、ヒサメも気付かなかった。

◆

――カゲたち、傘持ってったかな。


通り雨が降ってきて、ヒサメがそう口にしたとき、ゴスケはすぐさま動きだしていた。

事務所の玄関にあったビニール傘を一本引っ掴《つか》み、渋谷の街へ駆けだした。

最初はポツポツとだったのが、雨脚は徐々に強くなっている。

街行く人も空を見上げ、ザアッと来る前に屋内へ入ろうと急ぎ足だ。

傘が欲しい空模様だ。きっとカゲチヨもシディもそうだろう。

とくれば、やっと役に立てるときが来た。自分の出番だ。

ゴスケは嬉々として、渋谷の一角、円山町へ向かった。

円山町は渋西《しぶにし》エリアの一角で、風俗店やラブホテル、クラブなどがひしめく、全国でも有数の色街である。

（たしか、ホストクラブ『ホワイツ』って言ってたッスよね）

事務所を出る間際、カゲチヨとシディは話していた。情報収集のために潜入させてもらえそうなホストクラブの名前と、場所を。

渋谷を中心にデリバリーのアルバイトをしていただけあって、土地勘だけはゴスケにもあったから、どの辺りにそのホストクラブがあるのか、大方の目星はついていた。

円山町の坂を駆け上がりながら、ビルに掲げられた看板をチェックしていく。

すると、

（あ、見つけたッス！　ホワイツ！）

前方に、お目当ての看板を発見。

ゴスケの胸は高鳴る。

カゲチヨとシディは、喜んでくれるだろうか。

入れ違いになっていなければいいが――。

「――見ーつけた」


ホワイツまで、あとほんの数メートルといったところで、突如行く手を立ち塞《ふさ》がれた。

危うくぶつかりそうになって、慌てて立ち止まる。

そして、眼前に立ちふさがる三人の人物を見て、血の気が失《う》せた。

アロハシャツと、巨漢と、長髪の、例のオーク三人組がそこにいた。

ドンッ！　と、横から車に衝突されたような衝撃がゴスケを襲う。

巨漢のオークが、そのバカでかい手のひらで、ゴスケを薙《な》ぎ払ったのだ。

ゴスケは人気《ひとけ》のない路地へと吹っ飛ばされ、倒れ込む。

「ガハッ！　カハッ……！」

脳が揺れて、肺の空気が全て押し出され、苦しさのあまり立ち上がれない。

そんなゴスケの髪の毛を鷲掴《わしづか》みにし、アロハシャツのオークが無理やりゴスケを起こす。

「てめえ、よくも逃げてくれたなぁ？　おかげで俺らがボスにこってり絞られちまったじゃねえかよ、アァン!?」

アロハシャツのオークが怒鳴る。

そしてゴスケの頭を地面に投げつけると、今度はゴスケの腹を何度も蹴《け》り上げた。

「あう！　うぐっ……！」

身体がバラバラになりそうだ。

けれど反撃する力もなく、ゴスケは身体を丸めて耐えるほかない。

「なぁ、俺もやらせてほしい」

巨漢のオークも割って入ってくる。

「こんな痩せっぽちのガキ、お前がやったら死んじまうだろ」

アロハシャツのオークは難色を示したが、巨漢のオークも引き下がらない。

「大丈夫。腕か足だけにする。腕か足だけ踏み潰《つぶ》す。それだけ。俺もコイツのせいでボスに叱《しか》られた。ムカついてる」

よくよく見れば、巨漢のオークの片目が大きく腫《は》れ上がっている。

どうやら、ボスことコッポラからの折檻《せっかん》があったようで、ゴスケへの恨みは強いらしい。

アロハシャツのオークもそのことは百も承知のようで、渋々ながら引き下がる。

「……腕にしろ。足潰したら歩かせることができなくなってめんどくせえ」

「よっしゃあ」

アロハシャツのオークは、倒れているゴスケの右腕を無理やり伸ばして、地面に押さえつける。

踏み潰しやすくなって、巨漢のオークはご満悦だ。

「グシャッと踏みつけたあとにグリグリするぞ」

「……！　やめ……て……っ！」

ゴスケは力なく懇願する。

しかし、それが通じる相手のわけがなく――、

「3、2、1、――死ねえ」

カウントダウンも早々に、巨漢のオークは振り上げた足を勢いよく下ろした。

ゴスケの右腕にではなく、顔面に。

「!?　バカ！」

ゴスケだけでなく、アロハシャツのオークも息を呑んだ。

巨漢のオークには自制心などなかったらしい。

明確な殺意のこもった足が、ゴスケに迫る。

が、

巨漢のオークの眼前で、突如として爆炎が咲いた。


「うおぉぉ!?」

「!?　あっづぅぅう！」

アロハシャツのオークも巨漢のオークも、爆炎に見舞われて、泡を食う。

引火物などなにもない。雨まで降っている。

にもかかわらず、炎がまとわりついてきて、それを振り払おうとオークたちはもがく。

その混乱の最中、ゴスケは何者かに担ぎ上げられた。

肩に担がれたようで、ゴスケの目に映るのは頼もしくもしなやかな背中に、白銀の長髪、フサフサの尻尾《しっぽ》。

これは――、

「シディさん……！」

「喋《しゃべ》らなくていい。舌を噛む」

言下に、ゴスケは全身に浮遊感を覚える。

なんとシディはゴスケを肩に担いだまま、頭上高くへ跳躍。

路地を囲む、三階建てのビルの屋上にまで、ひとっ跳びで逃げおおせた。

「クソッ！　またかよ！　待ちやがれ！」

地上でアロハシャツのオークが悔しげに喚《わめ》いている。

「大丈夫か？　加減はしたから、ゴスケに火傷をさせてないと思うが」

シディが気遣わしげに、ゴスケに問う。

たしかシディは、太陽神ホルスのＤＮＡを持つと聞いた。

となるときっと、先ほどの炎は、シディの能力か。

「は、はい……！　大丈夫ッス……！」

「よかった」

肩に担がれながら、ゴスケが返事を絞り出すと、シディは一言そう言った。

シディが微笑んでいるのが、背中越しでもわかった。

「それじゃあ行くか。カゲチヨも待ってる」

シディはビルの屋上から屋上へ飛び移り、円山町から離脱した。

シディの肩に担がれて、揺れるゴスケ……ホッとするやら情けないやらで、泣きたくなった。

◆

（アー……本降りになってきちまったなぁ……。太陽が隠れんのはいいけど、雨は余計なんだよなぁ）

109ビルの麓《ふもと》、カゲチヨは屋根の下から、雨空を恨めしく見上げる。

スマホの雨雲レーダーを見ると、一応通り雨らしいが、なにせ雨脚がそれなりに強い。

（……ま、だからこそ出てきちまったんだろうけど）

カゲチヨは、手に持つビニール傘とバケットハットをちらりと一瞥《いちべつ》する。

どちらもゴスケの荷物だ。

カゲチヨとシディが、『ホワイツ』でスポットのキャストとして働かせてもらうための交渉を終えたあとのこと。

ホワイツの入っているビルを出てすぐのところに、これらが落ちていた。

ゴスケのバケットハットだということはすぐにわかって、カゲチヨはそれを拾い上げた。

そして、視線を上げた先、路地でゴスケがオークたちに足蹴《げ》にされているのが見えた。

ゴスケの救出はシディに任せ、カゲチヨは一足先にその場を離れ——今、ここで二人を待っている。

（さて、なんと言ったらいいもんかねえ……）

カゲチヨは小さくため息をつく。

この雨も疎《うと》ましく悩ましいが、今カゲチヨを悩ませているのは、ゴスケのこと。

ゴスケはいいやつだ。力になってやりたいと、素直に思える。依頼を引き受けたことに後悔もない。

ただ、少しばかり迂闊《うかつ》すぎだ。

ゴスケからの依頼は単なるトラブルシューティングではなく、ボディガード的な側面も多分にある。

したがって、護衛対象であるゴスケに勝手に動かれるのは困りものだ。

腕を組み、むーんと唸《うな》っていると、「カゲチヨ」と呼びかけられる。

見ればシディが、そしてその後ろにくっついてゴスケが、小走りで屋根の下に駆け込んできた。

「おつかれ」とカゲチヨは軽く手を上げる。

「ああ」とシディが微笑む。

シディの後ろでいたたまれなそうにしているが、ゴスケも無事のようだ。

そのことにはホッとしつつも、気まずげなゴスケと目が合った途端、カゲチヨは自然と雷を落としていた。

「こんのバカッ！　たまたま俺とシディが通りかかったからよかったものの、タイミングがズレてたらお前、今頃大変なことになってたぞ！」

「…………っ」

カゲチヨに叱《しか》られて、ゴスケはビクリと肩を縮こませる。

カゲチヨは他人を叱ることに慣れていない。そのため、萎縮した相手を前にするとそれ以上強く出られなくなってしまうが、それでもキツめに詰問する。

「お前、自分が置かれてる状況わかってんのか？　ただでさえ狙《ねら》われてる身だぞ。俺たちがついてるならまだしも、ひとりでほっつき歩くなよ」

「す、すみませんッス……！」

「こんなところで何してんだ。ヒサは？」

ゴスケのお守りとして事務所に置いてきたヒサメにも、責任の一端はある。

なのでヒサメについて尋ねたのだが、ゴスケは真っ青な顔でカゲチヨに言い寄る。

「ヒサメさんは事務所ッス！　自分は、ヒサメさんに確認も取らず、勝手に事務所を出てきちゃったッス！　ヒサメさんは何も悪くないッス！　ホントッス！」

ゴスケはすぐに、カゲチヨの質問の意図を察したようだ。

だからヒサメが責められないように、必死にかばっているのだろう。

健気に思うやら、「だったら勝手なことするなよ」と呆《あき》れるやら……。

「わかったわかった。で、なんで出てきた」

「あの、雨が降ってきたんで、傘、持ってきたッス……」

「……ハァ〜」

案の定の回答で、カゲチヨは盛大にため息をつく。

「最悪濡れて帰りゃいいだけだろ……」

「……こんなことくらいしか、自分にはできないッスから……」

ゴスケはしょんぼりと項垂《うなだ》れてしまう。

本来、悪いのはゴスケのはずなのに、なんだかこちらが悪者みたいで、カゲチヨはガシガシと頭を掻《か》く。

「……アー……ったく。何なんだよ一体」

カゲチヨは手に持っていたゴスケのバケットハットを、ゴスケの頭にガボッと被《かぶ》せてやる。

「そのくせ一本しか傘ねえし」

そして、もう片方の手に残った一本の傘にツッコミを入れる。

雨が降ってきたから、傘を届けに来てくれたというのはわかる。

ただ、だったら傘は三本必要だろう。

しかし、ゴスケは言う。

「それは大丈夫ッス。一本で足りるッス」

「なんでだよ。三人一緒に入れってか。ギュウギュウじゃねえか」

「自分はいらないんス！」

「……あー、そのジャケット防水なんだっけ？」

そういえばと納得しかけるも、カゲチヨは頭を振る。

「いやいや、だとしても傘一本じゃ足りねえだろ。シディと相合い傘で帰れってか」

「相合い傘……恋が実ってしまうというおまじないだったたか。——ウヌ？　実ってしまうのか？」

「え……///（トゥンク）——って、実るかっつーの」

カゲチヨがシディにツッコミを入れるかたわらで、ゴスケが言い張る。

「いえ、大丈夫ッス！　傘は二本あるんッス！」

「どこに」

折り畳み傘でも持っているのだろうか。

カゲチヨがそう思っていたら、予想だにしない答えが返ってきた。

「自分が傘ッス！」

「は？」

わけがわからず、カゲチヨが一言漏らすのと同時。

突然、ゴスケがドロンと煙に巻かれて消えた。

「「!?」」

そして消えたゴスケの代わりに、ゴスケが立っていた場所にぱたりと落ちたのは、一本の赤い傘だった。

カゲチヨとシディが面食らっていると、その傘から声がする。

「使ってくださいッス」

それは、紛れもなくゴスケの声だ。

カゲチヨはゆっくりと、傘となったゴスケを拾い上げる。

「……ゴスケお前、異宙人だったのか」

こんな芸当ができるのは、異宙人に違いない。

カゲチヨが問いかけると、カゲチヨの手の中でゴスケは答えた。

「異宙人って言っていいかは微妙なところッスけど、自分は異宙で製造販売されてた、『付喪《つくも》神《がみ》シリーズ』の傘ッス」

『付喪神シリーズ』――それは、最初は何の変哲もない道具だが、大事に使っていれば魂を宿して人間化し、友達や、ペットや、使用人や、奴隷などにすることができるという、異宙の愛玩《あいがん》道具だ。

◆

シディはゴスケが持ってきてくれたビニール傘を、そしてカゲチヨは傘となったゴスケを差して、宇田川町の事務所へ向かう。

「ウム、お喋《しゃべ》りができる傘か。面白いな。雨の日も楽しくなりそうだ」

「えへへ。ありがとうございますッス。そう言ってもらえると嬉しいッス！」

「日傘にもなんのか？」

「はいッス！　雨の日も晴れの日もいけるッス！」

シディとカゲチヨから物珍しげにあれこれ聞かれ、ゴスケの声は弾んでいる。

「おぉ、それはますます頼もしい。日傘にもなるなら、カゲチヨにはうってつけだな」

「そうなんッスか!?　カゲチヨさんは暑いのが苦手なんッスか!?　ならお役に立てると思うッス！　ガンガン自分を使ってほしいッス！」

傘としての自分に有用性を見出だしてくれていることが、ゴスケには嬉しくてたまらないのだろう。

それが理解できるだけに、こんなことを言うのも心苦しいのだが……カゲチヨは指摘した。

「……いや、まぁ、うん……たしかに日傘なんかはうってつけかもしんねえんだけどさ……。赤い傘って、男の俺が差すにはちょっと派手すぎじゃね？」

「え!?　そうッスか!?　オシャレッスよ!?」

「ウム。『そこらの男どもとは一味違う俺！』という感じがして、とてもいいと思うぞ、カゲチヨ」

「それが嫌なんだよ！　その『オシャレがんばってます』感が！　個性出そうと背伸びしてスべってる感じが！」

「そうッスかねぇ……」

「ああ。それに、そもそもお前、めっちゃ穴開いてんだけど」

色のことはいいとしてだ。傘として、より根本的な問題がゴスケにはある。

開いて差してみたところ、生地に三か所ほど、穴が開いていたのだ。

そこから雨が滴り落ち、カゲチヨの頭や肩を濡らしている。

「え？　あ!?　しまったッス！　忘れてたッス！　そうだ自分、穴開き傘だったッス！」

「おいおい」

なんとも締まらないオチに、カゲチヨは思わず笑ってしまう。

しかし、当の本人は笑えないようだ。

「うぅ……傘としても使えないなんて……自分は、本当にだめだめッス……」

傘なので、表情こそ読めないが、ゴスケが本気で落ち込んでいるのは声音から伝わってきた。

それに心なしか、生地や骨もへたっているような気もする。

見かねてカゲチヨは問いかける。

「……お前さ、何をそんなに焦ってんだよ」

「…………」

束の間の沈黙。

そこにゴスケの抱える葛藤《かっとう》が垣間見えた。

そして、

「……自分、大事な人を護《まも》れなかったんッス……」

大粒の雨に叩《たた》かれる中、ゴスケはぽつりぽつりと語りだした。

自分の名付け親で、保護者のような存在で、そして、保護してあげなくてはいけなかったはずの女の子――リコの話を。

◆

リコは岐阜県のとある片田舎に住む、五歳の女の子だった。

父親はその土地の大地主でありながら、異宙を股にかける貿易商も営んでいて、地元では名の知れた資産家だった。

母親はいなかったが、家には家政婦さんもいてリコは何不自由ない暮らしをしていた。

そんなある日、父親がリコに、異宙で手に入れたという傘をプレゼントしてくれた。

それが、『付喪神《つくもがみ》シリーズ』の傘で——後にゴスケと名付けられた。

『付喪神シリーズ』は、最初はただの道具である。それを大事に使うことで、魂を宿し、やがては人化するに至るという代物だ。

リコに大事にされていたゴスケは、早々に魂を宿した。

だからリコとの思い出もたくさん残っているし、早く人化してもっともっと色んな思い出を残したいと願っていた。

リコが望んでいたように、リコのボディガードになってあげたいと、強く強く願っていた。

ただそれは、叶《かな》わぬ夢として潰《つい》えた——。

ある晴れた日のことだった。

リコは父親と二人で、地元のショッピングモールに出かけた。

手には傘のゴスケを携えている。

天気を問わず、どこへ行くにも、リコはゴスケをお供させてくれていた。

映画を観て、フードコートでご飯を食べて、アイスも食べる——そんな他愛もない一日の帰り。

屋外の広い駐車場で、自分たちの車に乗り込もうとしたところ。

どこからともなくやってきたのか、それともはじめから待ち伏せしていたのか、それはわからない。

ただ、言葉にならない叫び声を上げて、一人の男が突然、リコたちの前に現れた。

手には拳銃を握っている。

そして出し抜けに、リコの父親を狙《ねら》って、躊躇《ちゅうちょ》なく引き金を引いた。

ズドン!

晴天に銃声が吸い込まれ、リコの父親は崩れ落ちた。

「パパ! パパぁ!」

晴天は、リコの悲鳴すら吸い込んでしまう。

「……っ！　に、逃げろ……！　リコ……！」

虫の息ながら、父親はリコを逃がそうとした。

ズドン！

その虫の息の根を、男はあっさり、止めてしまった。

「パパぁ――――！」

リコは全身で泣き叫ぶ。

逃げろと言われても、恐怖で、絶望で、混乱で、その場から動けない。

「……るせえっ。うるせえええんだよぉぉぉぉお！　ガキがよぉおおお！　親が死んだくらいでぇ！　俺なんて最初からいなかったんだぞゴラァァァアア！」

男は目を血走らせ、口角の泡を飛ばしながら喚《わめ》く。

見るからにまともな精神状態ではなく、それは幼いリコにも本能的に理解できた。

だから、

「〜〜〜！　ハァ、ハァ、ハァ……！」

リコは手に持っていた傘を――ゴスケを広げ、その下へと逃げ隠れた。

「たすけて……たすけて……たすけて……！　わたしをまもって……！　ゴスケぇ……！」

助けを、守護を、繰り返し乞《こ》う。

柄を握る幼い手が、ガタガタと震えている。

そんな幼子の痛ましい姿を、男は嘲笑《あざわら》う。

「……くふ、ふひゃ！　あひゃひゃひゃひゃひゃ！　かくれんぼのつもりでちゅか～？　そんな傘で銃弾防げると思ってるんでちゅかぁ～～～!?」

そして煽《あお》るだけ煽ると、急に不機嫌な顔に豹変《ひょうへん》した。

「クソ金持ち一家のバカガキがよぉ。……ざまぁあみろ」

男は、傘の下で震えるリコに向かって、やはりなんの躊躇《ちゅうちょ》もなく引き金を引いた。

ズドン！　ズドン！　ズドン！

「――……っ！」

リコにとってその傘は、隠れ蓑《みの》であり、盾であり、唯一残された頼みの綱であった。

けれど現実、傘など銃の前には何の意味もない。

三発の凶弾は、傘の生地を貫通し、リコの命を摘み取った。

「何してる貴様ぁ！　銃を捨てろ！」

騒ぎを聞きつけ警察官が駆けつけたのは、そのあとだった。

サイレンを鳴らしたパトカーが集結し、男を取り囲む。

そしてパトカーを遮蔽物《しゃへいぶつ》に、警察官が男に銃口を向け、投降するよう怒鳴る。

緊迫した状況だ。

しかし、男は清々《すがすが》しい顔で笑っていた。

「……あーぁ、いい憂さ晴らしになったわ」

男は、手に持っていた銃を、自らのこめかみに当てた。

「チャオ」

ズドン！

やはり、躊躇なく、男は引き金を引いた。

この白昼の凶行は、犯人の自死をもって、幕を下ろした。

そして、

（――……れなかった……護《まも》れなかった……助けられなかった……間に合わなかった……）

皮肉にもこの出来事が、

（自分は、何の役にも立たなかった……）

付喪神《つくもがみ》としてのゴスケを覚醒させた。

「――今さら人の姿になれても遅いんスよ……！　なんで……なんで今なんスか……！」

パトカーが集結し、犯人の男が取り囲まれ、自死に至るまでの狂騒の最中、ゴスケは人化に成功していた。

しかしその時にはもうリコは息を引き取って、ゴスケの腕の中に抱かれていた。

生命の名残《なごり》のように、まだ温もりが感じられる。

ただ眠っているかのようだ。けれど、もう二度と目を覚まさない。

せっかく人化できたのに、リコとのおしゃべりは叶《かな》わない。

ピクニックへも行けない。

ボディガード？　夢のまた夢だ。

一番肝心なときに間に合わないで、目の前でみすみす大事な人を見殺しにしたやつに、ボディガードなんて務まるはずもない――。

「君、怪我はないか!?　この人たちのご家族か!?」

リコの身体を抱きしめていると、警察官たちが駆け寄ってくる。

外見からしてリコの兄とでも思ったのだろう。

ゴスケは首を横に振った。

「……いえ、自分は、ただの役立たずッス……」

家族……家族か……なりたかったなぁ……リコと……家族に……。

眠るようなリコの顔に、ゴスケの涙が雨のように落ちた。

この事件の概要はネットニュースでも掲載されたが、さほど話題にはならなかった。

地球が異宙に転生して以降、この手の悲劇は珍しくもなんともなくなってしまったからだ。

かくして身寄りを失くしたゴスケは、途方に暮れ、それでも生きていかねばならないから

と、渋谷を目指したのだった。

◆

空が泣いているかのように、大粒の雨が降りしきる。

「そんな過去があったのか……」

ゴスケの話を聞いて、シディは心苦しげにうめく。

「…………」

カゲチヨはゴスケを傘として差したまま、黙って耳を傾けている。

「……自分は誰の役にも何の役にも立たない、ガラクタ傘ッス……。みなさんに助けてもら

ってばっかりで、護《まも》ってもらってばっかりで……！」

ゴスケは傘の形態でありながら、歯噛《はが》みした。

これまでの来歴を語っていたら、リコを失った瞬間の感情までもが鮮烈に蘇り、ゴスケを苛《さいな》む。

「自分は、リコを護《まも》りたかったのに……！　それを望まれたはずなのに……！」

己の無力さが悔しくて仕方ない。

不甲斐《ふがい》なくて仕方がない。

こんな自分を、死ぬ間際まで頼ってくれていたリコに、申し訳ない。

罪悪感と自己嫌悪で、頭がおかしくなりそうだ。

だからこそ、焦がれてしまうのだ。〝力〟に。

「強くなりたいッス……カレコレ屋の皆さんみたいに……！」

そもそも、リコが撃たれる前に人化できていたとしても、きっと自分にはリコを護れなかった。

根本的に、自分には人を護り、助けられるほどの力がない。

けれどもし、シディやヒサメのように強ければ、カゲチヨのように不死身なら、カレコレ屋のように有能なら、護れたものもあったろう。

そう思うと、力を願わずにはいられない――。

が、

「――はーあ、やだやだ。これだから世間知らずのキッズは困るわ。考えが甘々でよ」

そんなゴスケの切なる願いを、カゲチヨは鼻で笑った。

「え……？」

その反応は予想外のもので、ゴスケは面食らう。

なぜそんなことを言うのかと、反発したい気持ちすら湧く。

けれど、

「力があれば人を助けられると、護れると思ってんなら、大間違いだ。プロとしてそういう仕事してる俺達ですら、助けられなかった人や護りきれなかった人がたくさんいる」

カゲチヨのその言い分は、ゴスケの認識を、世界観を、根底から覆《くつがえ》すものだった。

こんなに強くて、有能な人たちですら、護りきれない？　助けられない？

嘘《うそ》ッスよね？　とゴスケは耳を疑うが、カゲチヨの弁に、シディも同意して頷《うなず》く。

「ウム……そうだな……」

その表情には、痛切や悔恨、無力感が滲《にじ》む。

あのシディが、自分と同じく弱々しい表情をしていることに、ゴスケは動揺を隠せない。

カゲチヨは続ける。

「上には上がいるし、力ってもんにも色々種類があってな、デカい力が小さな力にコロッとひっくり返されることもある。強い力を持つがゆえに、自分の周りすらも傷つけちまうこともある。力がありゃ何でもできるなんてのはな、とんだ幻想なんだよ」

最初こそ、カゲチヨの語り口は飄々《ひょうひょう》としたものだった。

けれど言葉を重ねるうちに、カゲチヨの声音からも滲《にじ》み出てきていた。

苦悩が。

葛藤《かっとう》が。

弱さが。

ゴスケはそこで痛感した。

カゲチヨの言葉は、決して気休めや励ましなどではなく、実体験であるのだと……。

けれど、だったらどうすればいいのだろう。

力すら絶対ではないのなら、自分は何を寄る辺に、何を道標にすればよいのだろう。

何を身につければよいのだろう。

ゴスケは今一度、スタート地点へと立ち返らされる。

すると、カゲチヨは肩を竦《すく》めながら言った。

「だから俺達も、仕事で失敗することなんてザラにある。その度に悔しい思いしたり、『まぁしょうがねえよな』って自分に言い聞かせたり、あの手この手で折り合いつけて、『それでも』

ってまた依頼人と向き合うんだ。お前が思ってる以上に、俺達もまぁ泥臭えことしてるよ」

自嘲《じちょう》気味に、カゲチヨは笑った。

けれどその自嘲にこそ、ゴスケは希望を感じ、心を揺さぶられた。

それこそが、自分が求める答えだと直感した。

「……ってなわけでまぁ、見習うとしたら、憧れるとしたら、俺達の力じゃなくて、往生際の悪さをオススメするわ」

その言葉は、ゴスケの腹にストンと落ちて、染み渡る。

ああ……まったくだ。

照れ隠しか、カゲチヨは〝往生際の悪さ〟なんて言い方をするが、要するにそれは打たれ強さだ。

何度挫折《ざせつ》してもまた立ち上がる、挫《くじ》けない心だ。

それこそが、ゴスケが身につけなければならないもので、カレコレ屋の面々から学ぶべきものだ。

ゴスケが納得したことは、カゲチヨにも伝わったようだ。

カゲチヨは勝ち気でありながら、優しさも孕《はら》んだ笑みを浮かべた。

「テメエの無力さに打ちのめされてからだよ。それからなんだよ」

「〜〜〜！　はいッス！」

カレコレ屋の面々のように、自分はなにか能があるわけでもない。無力かもしれない。

それでも、諦めない。

誰かを護《まも》れるように、助けられるように、あがき続けよう。

ゴスケが決意を固めると、心なしか、生地や骨に張りが出る。

それをカゲチヨも感じ取ったか、ふと独り言のように言う。

「アー、そういや、ホストクラブでの情報収集も手伝いたいって言ってたっけ？　さっきオーナーに話聞いたら、キャストだけじゃなくてキッチンのほうでも人手を探してるらしい」

カゲチヨの言わんとしてることを察し、ゴスケは目の色を変える。

「穴開き傘でも、皿洗いくらいはできんだろ？」

「！　で、できますッス！　自分にやらせてほしいッス！」

それは、「自分にできること」を模索し始めたばかりのゴスケにとって、願ってもない申し出で、前のめりに飛びついた。

カゲチヨはふっと笑うと、ジャケットの胸につけていたバッジを外して、ゴスケに言う。

「これ、貸してやるからあとでつけとけ」

「それは……カレコレ屋さんのバッジ……？」

『彼此屋』の文字がデザインされていて、カレコレ屋メンバーの三人がお揃《そろ》いで着けているものだ。

「ああ。一応、カレコレ屋側の人間として働くわけだからな」

カゲチヨの言葉に、ゴスケはウキウキと胸を躍らせる。

なんだか自分もカレコレ屋の一員になれたようで、嬉しかったからだ。

◆

年季の入った、とある雑居ビル。

外観こそ渋谷の雑多な雰囲気に溶け込んでいるが、そのワンフロアは外観にそぐわぬ高級感を漂わせていた。

フロア一面、瀟洒《しょうしゃ》な赤い絨毯《じゅうたん》が敷かれ、壁材は光沢のあるマホガニー。

通路には絵画やアンティークが飾られ、さながら洋館のような趣だ。

そしてフロア最奥の部屋に、件《くだん》のオーク三人組の姿があった。

三人は、緊張感と畏怖を全面に出し、『代表取締役』のプレートが置かれたデスクの前に、並んで立たされている。

そのデスクの革張りのオフィスチェアには、一人の異宙人が座していた。

服装は、新品のようにパリッとしたワイシャツとネクタイ、ポケットの多いチョッキ。紳士的かつ威厳ある雰囲気を漂わせている。

尖《とが》った耳、口から覗《のぞ》く牙、特徴的な緑色の肌——一見するとオーク。

しかし、瞳に虹彩と瞳孔がなく、完全な白一色。

白眼《はくがん》のオークは、ただのオークではない。その上位種にあたる、ハイオークだ。

オークは膂力《りょりょく》に優れるものの、一般的に知能レベルが低い種族だといわれている。そんなオークと比して、ハイオークは膂力だけでなく、知能までもが非常に高い希少種だ。

また残忍で狡猾《こうかつ》な気質の傾向があるとされ、異宙のとあるエルフの国では、一人のハイオークが独裁者として君臨し、エルフを家畜同然に支配しているのは有名な話。

そんなハイオークが、ここ渋谷にも一人いた。

異宙人マフィア・コッポラその人である。

要するにこのフロアは、コッポラが隠れ蓑《みの》とする輸入雑貨販売商社のオフィスであり、コッポラ一味のアジトだ。

コッポラはワイシャツをアームバンドで腕まくりして、大事そうに、一挺《ちょう》のライフルを布で磨いている。

デスクの上には、銃のメンテナンス道具がぴっちり整然と並べられており、本人の性格が窺えるようだ。

「…………」

銃を磨いている間、コッポラは一切口を開かない。

しばらく、重苦しい沈黙の時間が続く。

沈黙はすなわち圧迫であり、募れば募るほどオーク三人組の冷や汗の量が増える。

もう限界だ。耐えられない。

アロハシャツのオークが音を上げかけたそのとき、コッポラはオーク三人組には一瞥《いちべつ》すらくれず、静かに口を開いた。

「『見つからねえ』……ならまだ腹の虫も収まるんだ」

オーク三人組は、雷に撃たれたかのように背筋を伸ばす。

「なにが頭にくるって、『見つけたのに取り逃がした』ってことだ。それも、二度も」

コッポラは言いながら、デスクにライフルを置く。

それからようやくオーク三人組に視線をやり、吠《ほ》えた。

「このウスノロがぁ！」

ビリビリと、凄《すさ》まじい怒気が部屋の空気を震わせる。

オーク三人組は身を縮こまらせるほかない。

自分たちがしのぎとしている、違法薬物のデリバリー――それで大ヘマをこいたゴスケを取り逃がしてしまったことは、すでにコッポラには報告している。

取り逃がしたときの状況も、むろん報告に上げている。

なので、「いやぁ、あのガキを匿《かくま》ってる連中、かなりの手練れのようでして……」なんて言い訳を今さら重ねれば、さらなるコッポラの逆鱗《げきりん》に触れるだろう。

そうなれば、デスクのライフルで頭を撃ち抜かれてもおかしくない。

コッポラは不服のため息を大きくつくと、三人組を睨《にら》みながら言う。

「幸い、なんの未練があるか知らねえが、ガキはまだ逃げずにこの街にいる。必ず捕まえろ」

「は、はい！　もちろんです！」

一度目、妙な男の邪魔でゴスケを取り逃がしたときは、三人組も肝を冷やした。

そのまま渋谷から高飛びされてしまったら面倒だからだ。

けれど、そのあと円山町でゴスケの姿を見かけたときには、まだツキに見放されたわけではないと歓喜した。

あれだけのことをしておいて、高飛びせずにまだ渋谷にいるということは、渋谷にいなければならない理由が、目的が、あのガキにはあるということだ。

ならば、まだ捕まえて落とし前をつけさせるチャンスはある。

そのチャンスがあるならば、自分たちの首もまだ繋《つな》がっている――。

そう安堵《あんど》したのも束の間、

「で、肝心の女についての情報は？」

不意にコッポラに問い質《ただ》され、アロハシャツのオークは再び肝を冷やす。

「その、足取りはちょっとまだ……」

「……ほお？」

「！　い、いえ！　ある程度目星はついて、捜しちゃいるんですよ!?　ヤクをパクってくその手際の良さ──あ、いえ、失礼、手癖の悪さはまず間違いなく渋谷のモンでしょう！　なので、ガキどもを中心に探りを入れてます！　情報通って触れ込みの男を詰めたりとか！」

コッポラの冷徹な眼差しに射すくめられて、アロハシャツのオークは必死に弁解する。

「情報通の男？　なんてやつだ」

「裏原《うらはら》で古着屋やってる、ベンジーって男です。ほんとに知らなかったのかどうかは、今となっちゃわからずじまいですが」

言いながら、アロハシャツのオークは肩を竦《すく》める。

渋谷の若者は──特に、渋谷に住んでいる若者は、横の繋がりが非常に強く、若者の間で情報も回りやすい。

なので、渋谷の若者との繋がりが強い情報屋を当たってみたりもしたのだ。

そいつは結局、最後の最後まで口を割らなかったが、いずれ女の情報も出てくるだろうと、アロハシャツのオークは踏んでいる。

そのことを告げると、コッポラは不服げに鼻を鳴らしつつも、さっさと出ていけと手を振る。

「必ずガキと女を捕まえろ。俺達全員のケツに火が点いてることを忘れるなよ」

「はい！」

火が点いているのもあるし、コッポラの重圧から逃げたいのもあるしで、オーク三人組はそそくさと社長室から出ていく。

コッポラは一人残された社長室で、再び深いため息をついた。

それは、無能な部下を持った嘆きのため息である。

と同時に、コッポラはつぶやく。

「不死身の男に、電撃に、炎か……」

ゴスケというガキを匿《かくま》っていると思わしき連中については、部下から聞き及んでいる。

曰く、自販機に潰《つぶ》されてもケロッとしていたとか。

曰く、電撃を食らわせてくるとか。

曰く、炎まで使うし、ビルの屋上までひとっ跳びできる身体能力の持ち主だとか。

そんな芸当ができるということは、少なくとも地球人ではないだろう。

能力の詳細まではわからないし、相手グループが何人いるかも不明。

ただ、少なくともこちらがカタギではないことは承知のはずだし、もしも異リーガルギルド所属の一派であることまで承知の上での手出しなのだとしたら、相当なバカか、あるいは相応に肝の据わった連中なのであろう。

前者なら与《くみ》し易いが、後者なら手こずるかもしれない。

そう思うと、自然とコッポラの手は、デスクに置かれたライフルへと伸びる。

「……頼りになるのは、結局お前だけだな」

コッポラは、ライフルに語りかける。

そして、目にも止まらぬ鮮やかな手さばきで、チョッキのポケットから実弾を取り出しライフルに装填。

壁に掛けられている、鹿の頭部の剥製《はくせい》に狙《ねら》いを定めた。

それは、ただの鹿ではない。

黄金の角を持つ異宙の神獣、ケリュネイアの鹿だ。

かつてコッポラが、趣味のハンティングで仕留めた獲物である。

たった一発で神獣を仕留めたコッポラの愛銃が、次に照準を合わせる標的――それは、渋谷というコンクリートジャングルに潜む、愚かな子鹿どもだ。

◆

渋谷にスタジオを置く、ライブストリーミングサービス『アベマンＴＶ』。

そのニュースチャンネルで、女性アナウンサーが速報を告げる。

「今日未明、渋谷区原宿の古着ショップ『ベンベルジャン』で、男性の遺体が見つかりました。

男性は店主と見られており、死因は外傷性のショック死。店先に座り込むような姿勢で発見され、首には『CLOSED』の札が下げられていたそうです。警察は殺人事件として捜査する方針です」

ニュース速報は、次から次へと舞い込んできては流れ去る。

とある古着屋で起きたその事件も、あっという間に他のニュースの波に飲まれ、以後取り上げられることもなく消えた。

ch.4 オンボロ傘と、空知らぬ雨

豪華絢爛《ごうかけんらん》な内装と、彩り鮮やかなイルミネーションが、幻想的な空間を演出する。

フロアを行き交う男性はみなスーツ姿のイケメンで、女性客一人ひとりをお姫様のごとくもてなす。

円山町のホストクラブ『ホワイツ』。

元カリスマホスト・沙京《さきょう》がオーナーを務める、良心的な価格とサービスが売りの人気店だ。

日が沈み、夜が耽《ふけ》るにしたがって、店は活気を増していく。

それに伴い、キッチンに運ばれてくる空いた皿やグラスも大量で——ゴスケはフル稼働で食器洗いに専念していた。

「へー。君、手際いいね。それじゃあこれもお願いね」

「ありがとうございますッス！　了解ッスー！」

ゴスケの皿洗いの丁寧《ていねい》さと速さに、ホワイツのオーナー・沙京も上機嫌だ。

ゴスケとしても褒めてもらえるのは素直に嬉しく、より一層食器洗いに励む。

ただ、沙京オーナーが上機嫌なのも、ゴスケがもっと頑張ろうとしたのも、実は他にもっと大きな理由がある。

それは──、

「──えー！　お兄さんめっちゃVチューバーに詳しいじゃん！　超趣味合う〜！　マジ楽しいんだけど！　えっと、名前なんて言ったっけ？」

「カゲ丸です。短期ですけど、ホワイツさんでお世話になることになったんで、もしよかったらまたお話ししましょう」

「えー！　絶対来る来るー！」


「──……すごい。お兄さんと話してると、なんだか私、自信が出てくるっていうか、自己肯定感が上がるっていうか……」

「ああ。貴方《あなた》は自信を持っていい。というか、なぜこれまで自信を持てずにいたのかが俺にはわからない。小さなことで落ち込んでしまうのは、心が優しいからだ。仕事が遅いのは、それだけ丁寧だからだ。どちらも長所で、貴方の魅力だ。貴方は……素敵だ」

「！　……っ！　えっと、シディさんだったっけ。また、指名していい……？」


源氏名『カゲ丸』ことカゲチヨと、シディが、ホストとして大活躍しているからだ。

カゲチヨは、親しみやすさと豊富な話題、そして何より細《こま》やかな気配りが女性客から大ウケ。本人は「女の人と話すの緊張しちゃう……！」なんて言って、仕事前には物憂げにしていたが、いざ仕事が始まると、ご覧の通り。仕事は仕事と割り切って頑張っている。

そしてシディは持ち前の甘いマスクだけでなく、話していると前向きな気持ちにさせてくれると、女性客のハートをガッチリ掴《つか》んでいた。

ちなみに二人とも、本拠地の方でホストとして働いていた経験があるらしく、そちらのお店のオーナーのツテで、このホワイツでも働かせてもらえたとのこと。

ともあれ、各々アプローチの方法こそ違うが、ホストの才覚を遺憾なく発揮しており、他のホストたちからは「何者だアイツら……!?」と一目置かれ、店の売り上げに大きく貢献している。

なので沙京《さきょう》オーナーは上機嫌。

そしてゴスケはそんな二人の働きぶりに感化されて、「自分は自分のできることを頑張るッス！」と、より一層食器洗いに精を出しているというわけだ。

もちろん、ゴスケたちの本来の目的は、ホストとして成り上がることではない。

ゴスケが運んでいた違法薬物を、横取りしていった女——彼女の情報収集だ。

ベンジーの情報によると、どうやら彼女は夜職らしい。

だからカゲチヨとシディは、情報収集の場所としてホストクラブを選んだ。

理由の一つは、ホストクラブ自体が夜職だから。

そしてもうひとつは、ホストクラブは夜職の女性が多く集《つど》う場所だから。

ゴスケは知らなかったのだが、ホストクラブの女性客における夜職の比率はかなり高いらしい。

なのでホストクラブは、今回の情報収集にうってつけというわけだ。

ということで――、

「――それにしても、スクランブル交差点の炎上ヤバかったですよね。あのバイク、実は運び屋でドサクサに紛れて荷物のクスリを横取りした女がいたらしいじゃないですか？　いやー、上手いことやったもんですよ。結構な量のクスリって噂《うわさ》だし、そんなもん楽しみ放題じゃないですか」

「あー、カゲ丸くん、そういうの好きな人だー!?　キャハハハ！　わたしもわたしもー！　気持ちいいよねー！」

「けど最近のクスリってさー、地球人専用とか異宙人専用とかのドギツイのが多くてしんどくない？　わたしはキノコとかハーブみたいに、誰にでも軽～く効くようなクスリが好きだったわー」

カゲチヨは、さも薬物に肯定的であるかのように振る舞い、女性客から情報を引き出そうと

しー―、

「夜職の女の子が違法薬物を持っていってしまったそうだが、大丈夫なのだろうか。ああいったものは必ず反社会勢力が関係しているから、心配だ。もしもなにか事情があって持っていってしまったのなら、力になってやりたいが……」

「だよねー！　クスリの横取りとかマジ危ないよ。ぜったい関わりたくなーい！」

シディはおそらく本心から、女の身の安全を案じており、それを話の取っ掛かりに情報を探っていた。

ホストとしての職務も全うしつつ、自らの目的も遂行する――その手腕に、ゴスケは感服した。

ただ、

「カゲチヨさん、シディさん、お疲れ様ッス！」

「……おう……ホントにお疲れ様だよ……。俺、女の人あんま得意じゃないのにさ、頑張ってスイッチ入れてさ……なんかもう無理してる感ハンパなくない……？　傍から見ててイタくない……？」

「全然ッス！　むしろめっちゃ板についてるッスよ！　――それで、情報のほうはどうッスか!?」

「んー、今ひとつって感じだな」

「こっちもだ。有力情報はないな」

「そうッスか……」

カゲチヨとシディの休憩中、成果を尋ねてみても、二人の表情は浮かない。

「けどまぁ、こういうのは地道にやってくしかねえよ」

もどかしく思うゴスケをなだめるように、カゲチヨはそう言うが、なんとなくカゲチヨ自身も焦っているようにゴスケには感じられた。

そうしてなんの手掛かりも得られないまま、一日経ち、二日経ち、三日経ち——事態が動いたのは、情報収集を始めて四日目のことだった。


「——シディくん、ご指名だよー。それとカゲ丸くんにも興味あるみたいだから、ヘルプで一緒に入ってくれるー?」

「ウム。今行く」

「うーっす」

客足が一旦落ち着いたので、カゲチヨとシディがバックヤードで小休止を取っていたところ、沙京《さきょう》オーナーからお呼び出しが入った。

二人はすぐにフロアへ出て、指定されたテーブルへ向かう。

そこには、派手なメイクとヘアスタイルが目を引く、若い女性客がいた。

その女性客はシディとカゲチヨを一目見るなり、パァッと華やかな笑みを咲かせた。

「わー！　新しい人入ったって聞いたから早速来てみたけど、ホントだー！　シディくん、めちゃくちゃタイプかもー！」

「光栄だ。ありがとう」

「ハゲ丸くんも、全然フサフサじゃーん！　自信持って！」

「カゲ丸。ハゲ丸チガウ」

「え？　あ、カゲ丸くんか！　ごめんごめん！」

女性客は自らの両隣の席をパンパンと叩《たた》き、二人を座らせる。

「わたし、リンカ！　キャバやっててさー、この店にもよく来るんだー！」

「ウム。お得意様か。来店に感謝する」

「こっちこそありがとうだよー！　キャバ、めちゃくちゃストレス溜まるからさ、こういうとこ来てチヤホヤしてもらって元気もらってるんだ！」

「ウム。精一杯チヤホヤさせてもらうぞ」

「あとね、キャバで客からされた嫌なことを、今度はわたしが客としてやり返して、ストレス発散したりしちゃう……。――おいカゲ丸、尻出せ。触らせろ」

「!? やべえ客だよこの人！ やめてください！ ここそういうお店じゃないんで！ ――ちょ、オーナー!? この人出禁にしたほうがよくないですか!?」

「――呼んだ？ カゲ丸くん。……って、何をボヤボヤしてるの。いいからほら、早く尻出して」

「!? ちょっとオーナ――――!?」

「キャハハハハ！ 冗談だよ、カゲ丸くん！ さ、飲も飲も！」

リンカはとても明るく、砕けた性格の客だった。

口ではチヤホヤしてもらいたいだの、ストレス発散だの言っているが、そんな素振りを実際は見せず、シディとカゲチヨとのじゃれ合いのようなトークを楽しんでいた。

そうして、お酒もほどほどに回ってきた頃合いである。

リンカは興が乗ってきたようで、こんなことを言いだした。

「てか、え～！ わたしほんと二人のことタイプかもなんだけど！ そしたらナンバーワンホストチャレ～ンジ！ このスマホのロックを解除できたら、この店でいっちばん高いお酒入れてあげちゃーう！」

リンカはバッグから、一台のスマホを取り出してテーブルに置いた。

ちょっとしたゲームのようだ。

カゲチヨが興味深げに質問する。

「ヒントは？」

「なっしでーす！　てか、わたしも知らないんだよね。これわたしのスマホじゃなくて、元カレが残してったやつ。だから困ってて、解除できる人探してるんだー」

なるほどと、カゲチヨは頷《うなず》く。

そのスマホ、ケースが妙に傷だらけだし、リンカのチョイスにしては男っぽい色味だなと思った。

けれど元カレのものと聞けば、合点がいく。

ただ、

「何桁《けた》かもわからねーとなると、さすがに無理ゲーだ」

「え～！　ちょっとは頑張ろうとしてよ～！　高いお酒入れてあげるって言ってるんだから～！」

「それ、無理ってわかってて言ってるっしょ」

「ウフ」

カゲチヨも、言い出しっぺのリンカすら、このゲームのクリアは無理だと高をくくっている。

そのため、このゲームは一つの話のネタとして流されていくものだと思われた。

が、

「お済みのお皿とグラスをお下げしますッス！」

そのゲームの話をしている最中、たまたまゴスケが、テーブルの食器を回収しに来た。

働き始めた当初は、食器洗いなどのバックヤードでの雑用がゴスケの仕事だった。

しかしその熱心な働きぶりと飲み込みの早さから、今ではボーイとしてフロア全般の雑用も任されるようになっていた。

すると、

──開けて。


（──え？）

ふとそのテーブルで、ゴスケは声を聞いた。


──開けて。

──開けて。

──開けて。


（……ああ、そこのスマホッスか）

ゴスケ以外、誰もその声に反応しない。

ゴスケにしか、その声は届いていない。

開けてもらうことを望んでいる、スマホの声。

なので、

「……あ、あの、自分にやらせてもらってもいいスか?」

ゴスケはおずおずと、テーブルでの会話に割って入った。

「ウヌ?」

「え?」

シディとカゲチヨは意表を突かれ、「急にどうした?」と訝《いぶか》しむ。

「お、かわいいボーイくんも新しく入ったんだ! いいよいいよー! レッツチャレ〜ンジ!」

リンカはといえば、ゴスケの申し出にノリよく応じ、スマホをゴスケへと手渡す。

ゴスケは渡されたスマホのロック画面に向かい合う。

0〜9までの数字を入力する、オーソドックスなパスコード方式だ。

(えーっと、それじゃ、一個目の数字から試していくッスよ)

ゴスケは1を押す。

――違う。

入力を取り消して2を押す。

──違う。

入力を取り消して3を押す。

──違う。

入力を取り消して4を押す。

──そう。

(オッケーッス。一個目の数字は4ッスね)

ゴスケはこの要領で、スマホの声に従って、入力と取り消しを繰り返していく。

──そう。違う。

──そう。違う。

──そう。違う。

──そう。そう。違う。

──そう。そう。違う。

──そう。そう。そう。違う。

スマホの首肯《しゅこう》を辿《たど》ることで、徐々に正解へと近づいていく。

そして、

――そう。そう。そう。そう。そう。そう。……ありがとう。

とある六桁《けた》の数字を入力し終えると、スマホは礼の言葉を口にして、セキュリティを解除した。

あぁ、よかった、できたできたと、ゴスケは頬を綻《ほころ》ばせた。

「開いたッスよ！」

「!?」

リンカはもちろん、カゲチヨもシディも驚愕《きょうがく》した。

「!? え、え、え、マジ？ え、え、なんでなんで？ 嘘《うそ》でしょ？ ちょ、ちょっと待って！ このままセキュリティ切っちゃうから！」

リンカは慌ててゴスケからスマホを受け取り、解除コードの六桁を教えてもらって、もう二度とロックがかからないように設定をいじる。

「ゴスケ、お前これ、どうやって……」

信じられないといった面持ちのカゲチヨに、ゴスケはあっけらかんと答えた。

「あ、自分、付喪神《つくもがみ》ッスから、道具の声が聞こえるんス！」

そう、今でこそ人の姿を取っているが、元々ゴスケは傘、道具。

それゆえか、ゴスケには同族たる道具たちの声が聞こえていた。

古着屋に行って、オイルドジャケットの声が聞こえ、「俺を着ろ」とせがまれたのもそれ。

今しがたスマホに「ロックを解除してくれ」と頼まれたのもそれ。

「っていっても、よっぽど愛用されてたり、年季が入ってたり、作り手に思い入れがあったり……そういうごく一部の道具の声しか聞こえないし、その声も単語単語って感じッスけどね」

道具たちの声は知性や知能というよりも、思念に近い。

なので意思疎通を図るのは少し難しい。ペラペラと会話ができるといったこともない。

ただ、こちらからの呼びかけやアクションに対し、何らかの反応はあったりするので、朧《おぼろ》ながら道具が何を感じ、何を求めているのかぐらいのことは把握できる。

それが、ゴスケの付喪神としての固有能力だった。

「……そのスマホ、大事に使われてたんッスね。けど、どうして元カレさんのをリンカさんが？」

そもそもなぜ元カレのスマホをリンカが持っているのか。

なぜセキュリティを解除したいのか。

それが率直な疑問で、ゴスケはリンカに尋ねる。

するとリンカは元カレのスマホをいじりながら、口を開く。

「実は元カレさ、ちょっと前に死んじゃったんだよね」

ゴスケも、カゲチヨもシディも、その一言で息を呑む。

つまるところこのスマホは元カレの遺品で、形見……。

「クスリでパキってわけわかんなくなっちゃって、マンションのベランダから飛び降りて死んじゃった。ほんとバカ。いいやつだったけど、マジでバカ。ほんとムカつく」

冷笑交じりのリンカの言葉には、元カレへの憤りや悲しみが滲《にじ》んでいた。

スマホをいじる横顔は、やるせなさに溢《あふ》れていた。

「それでカレ、わたしより写真撮るの好きでさー、色々思い出の写真とか残してるはずだから、それを回収したくて」

言いながら、リンカは写真フォルダを開く。

そして、写真のサムネが並んだ画面をスクロールさせていく。

と、

「――あ……」

小さく吐息のような声を漏らし、リンカはポロポロ泣きだした。

「ど、どうしたッスか⁉」

突然の涙に、ゴスケは狼狽《うろた》える。

けれどリンカは洟《はな》をすすると、目に涙を蓄えながらも笑った。

「ううん。……あはは。アイツ、わたしのこと大好きだったんじゃん。見て、このフォルダ。わたしの寝顔ばっかり」

そう言ってリンカが見せてくれた画面には、ベッドで眠るリンカの寝顔がずらりと並んでいた。

それら安らかな寝顔の写真から伝わるのは、愛情だ。

カメラアングルといい、構図といい、距離感といい、こだわりが感じられて、撮影者の被写体への思い入れがひしひしと伝わってくる。

きっとリンカの元カレは、リンカのこの寝顔に癒やされ、愛おしんでいたのだろう。

「間違いないッス！　リンカさん、めちゃくちゃ彼氏さんから愛されてたはずッス！」

そしてリンカも、元カレのことを心の底から愛していたはずだ。クスリに手を出し死んでしまったようなバカだけど、それでも……。

だから、

「うん……だよね。ありがと」

ゴスケの言葉に、リンカはうんうんと頷《うなず》いて、笑った。

その笑顔を見た瞬間、ゴスケは心の底から思った。

あぁ、出しゃばってみてよかったと。

少しでも役に立てたなら、これ以上の喜びはないと……。

ゴスケが感極まっていると、リンカのほうが先に気持ちを切り替えて、おしぼりで目元の涙を拭う。

そして、あっけらかんと声を張る。

「さ、約束通り、このボーイさんにお礼しなくちゃ！　ボトル入れるね！　オーナーさーーん！　このボーイくんにボトル入れてあげるのってアリ――――!?」

「ありで――――す！」

「わーい！」

「ええ!?」

すっかり忘れてたが、そもそもはゲームとして始まった話。

セキュリティを解除できたらボトルを入れるということになっていた。

リンカはそれを忘れていなかった。

祝杯という意味合いも込めているようで、すっかり乗り気である。

「いやいやいや！、いいッスいいッス！　いらないッス！　自分、お酒飲めないですし！」

ボトルを入れてほしくてやったことではないし、この程度のことで高いお金を払わせるなんて気が引ける。

なのでゴスケは固辞したが、リンカとしては不服のようだ。

「えー、でもなんかお礼したい！　ちょっと生々しいけど、現金でいい？　売りやってたこともあるしエッチでもいいよ？」

「だめッス！　結構ッス！」

ちょっとどころかかなり生々しくて、そんなもの受け取れるわけがない。

しかしそれではリンカの気も済まないようで、「じゃあ何がいいの！　ゆって！」とゴスケは詰め寄られてしまう。

そんなこと言われてもと困ってしまうが、ここでふと、妙案が頭に浮かんだ。

「そ、そしたらリンカさん、キャバ嬢さんなのであれば、情報が欲しいッス」

「情報？　なんの？」

「スクランブル交差点の炎上事件についてッス」

ゴスケが今欲しいのはボトルでも、現金でも、ましてや女でもない。情報だ。

とはいえ、あまりにもストレートに聞くものだから、カゲチヨもシディも慌てて腰を浮かす。

これは異宙人マフィアが絡む事件で、あまつさえ自分たちはその当事者だ。表立って嗅《か》ぎ回るような情報ではない。

だからカゲチヨもシディもなんとかごまかそうと口を開きかけるが、それよりも早く、リンカが反応してしまう。

「……なんでそんなこと知りたいの？」

これまではしゃいでいたリンカが、急に神妙な顔になった。

この口振りからすると、炎上事件の概要はリンカも把握しているようだ。

「君たち、関係者？」

そして言葉少なながら、リンカのその質問は核心を突いていた。

質問でありながら、半ば確信めいてもいた。

リンカはゴスケだけでなく、カゲチヨやシディの顔色もつぶさに窺っていた。だから、この三人が炎上事件に関わりがあることを、直感的に察したのだろう。

リンカは警戒の眼差しをゴスケたちに向けてくる。

こうなるともはや、弁解は難しい。カゲチヨとシディはアイコンタクトを交わし、撤退に動こうとする。

しかし、ゴスケは真っ直ぐリンカに向き合い、告白した。

「そうッスね……。条件がいい仕事があるって聞いて、関わりを持っちゃったッス……。自分が何を運んでるかも知らなくて、ただの食べ物だと思ってて……本当にバカだったッス……」

それは心の底からの反省であり、懺悔《ざんげ》。

ゴスケは本件において、命を狙《ねら》われる立場だ。身分を明かしていいわけがない。

けれどリンカから情報を得ようとするのなら、明かさなくてはならない気がした。

それがゴスケなりの、愚直な誠意だった。

そしてその誠意は、リンカにも伝わったようだ。

警戒の色が、ふっと緩む。

「……君がもしかして、あのバイクの……？」

「はいッス……。あの一件で、自分今ピンチなんッス……。自業自得《じごうじとく》なのはわかってるんッスけど、それでもどうにかしたくて、自分が運んでた荷物を持ってっちゃった女の人を追ってるんッス」

「……そっか……」

ゴスケが洗いざらい打ち明けると、リンカは小さく頷《うなず》く。

「君、いいように使われちゃってたんだ……。よくある話だよね、渋谷だと。お金に目が眩《くら》んで……深みにハマって……わたしも人のこと言えないけど……」

そして自嘲《じちょう》気味に、そうつぶやいた。

リンカもその手の失敗には身に覚えがあって、ゴスケに同情を寄せてくれたらしい。

「……うん。オッケー。ボーイくん、耳貸して。ここだけの話でお願いね？　あのね――、」

リンカは周囲の目を気にしつつ、ゴスケにこっそり耳打ちしてくれた。

そしてその光景に、カゲチヨとシディは顔を見合わせて、参りましたとばかりに肩をすくめるのだった。


違法薬物を横取りした女の名前は、エノン。

職業はキャバ嬢。

スラム街出身の子で、地元の仲間や職場の同僚に盗品を横流ししているらしい。

リンカ自身はエノンと直接の知り合いではなく、知り合いの知り合いくらいの距離なのだそうだが、情報の確度としてはほぼほぼ間違いないとのこと。

知っていること全てを打ち明けてくれたあと、リンカは最後にこう付け足した。

「わたし、クスリ嫌い。買うほうも買うほうだけど、売るほうもどうかと思う。だから教えちゃう」

リンカはクスリのせいで彼氏を亡くし、クスリを憎んでいる。

なのでリンカのこの告発はきっと、スマホのセキュリティ解除のお礼であるとともに、クスリのせいで死んだ彼氏の仇討《あだう》ちの意味も込められているのだろう。

ゴスケたちはその想いも背負い込んで、この夜を最後に、ホストクラブを卒業した。

◆

渋北《しぶきた》エリアの裏原《うらはら》は、ファッションの聖地として世界中、異宙中からスポットライトを浴びている。

さらには東西へ延びる表参道も、その沿道はハイブランドのアパレルやジュエリーのショップが軒を連ね、華麗なる街模様を描く。

しかしそんな、華々しい裏原と表参道の裏手には、広く影が落ちていた。

比喩ではない。

この影は、渋谷の空中浮遊商業施設《ランドマークフロート》〝渋谷スカイランブル〟が落とした影である。

巨大メガフロートが渋谷の上空に碇泊《ていはく》している影響で、晴天の日中でも、日の光が届かずに終日陰っているのだ。

この日照条件の悪さは、この地域一帯の地価を下げた。

さらにこの日照条件の悪さは、一部の夜行性の異宙人にとっては大変都合がよいもので、異宙人移民の大量流入を招いた。逆に、元々住んでいた現地民はどんどん流出していった。

夜行性異宙人以外の異宙人移民もどんどん住み着くようになり、それぞれがそれぞれの文化や生活様式を持ち込んで、摩擦や衝突が生じ、治安は悪化。街並みは荒廃。さらに下がる地価。持たざるならず者たちの流入――と、負のスパイラルに陥った。

結果、この地域一帯は、異宙人移民のスラム街となった。

窓が割れていたり、落書きだらけだったり、焼け跡が残るビルがそこら中にあって、道端のいたるところにアル中やヤク中が寝転がってる。

街行く人の表情も、みなどこか殺伐としていて、危うさが漂う。

人々はこのスラム街のことをこう呼ぶ。

『裏裏原《うらうらはら》ゲットー』と。

昇ったばかりの朝日を浴びて、街路樹や植え込みの緑が輝く、早朝。

人気《ひとけ》が少ない表参道を、肩で風を切り歩く、一人の女がいた。

女は派手な金髪とヘアスタイルで、ハイブランドの服と装飾品で身を固めている。

いかにも表参道にいそうな女――といった外見であるが、女は不意に、表参道から一本の路地に入っていった。

すると徐々に街並みが荒れ、朝日も遮られて辺り一帯が薄暗くなる。

そこはもう、裏裏原《うらうらはら》ゲットーと呼ばれるエリアだ。

そして女は、裏裏原ゲットー内のとあるアパート――お世辞にも綺麗とは言えない、年季の入ったボロアパートに向かう。

ジャラジャラと音を鳴らしながら、バッグからキーホルダーも取り出す。

その外見からするとあまりにもミスマッチだが、女はこのボロアパートの住人らしい。

そんな女に――、

「おーい、エノンちゃん」

少し離れたところで張り込んでいたカゲチヨが、その名を呼びかけた。

「?」

すると女は、知り合いに呼ばれたとでも思ったか、立ち止まって振り返る。

その行動で、女がエノンであることを確認したカゲチヨ、ヒサメ、シディ、そしてゴスケの四人は、エノンの元へ駆け寄り、囲い込んだ。

　エノンは一瞬驚いた顔を見せたものの、臆《おく》すどころか威嚇《いかく》するようにカゲチヨたちのことを睨《にら》みつけてきた。

「エノンちゃんだね」

「……だれ？」

「君が横取りしたクスリの持ち主」

「………」

　カゲチヨが告げると、エノンは全ての合点がいったようだ。

　不意にヒサメのほうへ駆けだして、包囲網を強行突破しようとする。

　女のヒサメならあわよくば……と思ったのだろうが、甘い。

　ヒサメは闘牛士のように、突進してくるエノンをひらりと躱《かわ》し、あっさり羽交い締めにして身柄を押さえてしまった。

「無駄な抵抗はしないでください。逃げられませんから」

「くっ……！」

　ヒサメの言葉が決してハッタリではないことは、体感的にも直感でわかったのだろう。

　エノンは忌々《いまいま》しげに顔を歪めるも、悪あがきはせずに脱力した。

それを見てカゲチヨは、エノンに告げる。

「単刀直入に言うけど、クスリ返してくんない？　君が持ってっちゃったせいで、コイツが異宙人マフィアから狙《ねら》われちゃってるんだわ」

「……わかった」

聞き分けよく、エノンは首肯《しゅこう》。

ヒサメが羽交い締めを解くと、エノンはバッグをガサゴソと漁《あさ》り、パケ袋をひとつ、取り出した。

「はい」

パケ袋には、カラフルな錠剤が三粒だけ入っている。

「……君が持ってったの、こんなもんじゃないよね？」

カゲチヨはパケ袋を受け取りながらも、エノンを問い詰める。

ゴスケの話によれば、こんなパケ袋ひとつではなく、小包ひとつ分のクスリはあったはず。

するとエノンは、

「ない」

「…………」

「残ってるのはその、最後の一袋だけ。あとはもう全部売っちゃったし、お金も使っちゃった」

悪びれることもなく、なかば開き直るようにそう答えた。

カゲチヨは頭をガシガシと掻《か》いて、落胆する。

「アー……まぁ可能性としては想定してたけど……最悪の結果が来ちまったか……」

リンカから、盗品の横流しの話は聞いていた。

だから、どれだけ売ってしまったのか、どれだけクスリが残っているのかが焦点だったが
……生憎《あいにく》、手遅れだったようだ。

これまで黙っていたゴスケが、エノンに尋ねる。

「お金は、何に使ったんッスか？」

ゴスケは困惑していた。

人のものを盗み、あまつさえ売ってしまい、それを咎《とが》められているというのに、なぜこんな態度ができるのか……ゴスケからしてみれば、あまりにも不可解だった。

もしかしたら何か理由が――やむにやまれずそうした理由があるのではと思った。

けれど、

「いや、ふつーに整形とかアクセとか服とかだけど」

エノンは、ただただ、自分の物的欲求を満たすためだけに、こんな危険な橋を渡ったらしい。

それがゴスケには信じられず、言葉を失う。

「だからお金も返せない。もういい？　朝帰りで眠いんだけど、わたし」

そしてエノンのこの言い草に、さしものシディも黙っていられない。

「よくない。自分のしたことに責任を持たなくてはダメだ」

「……うっざ」

「うざいじゃない。こういうときは『ごめんなさい』だ」

シディがエノンをこんこんと説教すると、エノンはこれみよがしに合掌して、顔をシディに向けたままお辞儀をした。

「はーいごめんなさーい」

「………………」

それはあからさまに、挑発、煽《あお》り、嫌味の意。

「これでい？」

いけしゃあしゃあと、エノンは言い放つ。

これに対し、シディはというと、

「……ああ。よく謝れたな。偉いぞ。もういいな？　カゲチヨ」

「よくねえよくねえ。全然よくねえ。シディはちょっと甘すぎだ。下がっててくれ」

言葉だけ額面通りに受け取って、エノンを解放しようとしてしまう。

荒事となると百人力のシディだが、こういう場面では見当違いのことしかしないのが玉に瑕《きず》だ。

カゲチヨは呆《あき》れつつ、淡々とエノンに告げる。

「お前、これから異宙人マフィアのコッポラのところに連れてくから」

「……それ、わたしどうなんの？」

「まぁ、一番金になる方法で売られるだろうな」

カゲチヨが答えると、これまで余裕すら見せていたエノンが、大きくため息をついた。

そして、

「……ハァー……なんで……？　マジ、意味わかんない……。目の前に金目のものが転がってたら、そりゃ盗っちゃうに決まってんじゃん！」

エノンの金切り声が、路上に響く。

まるで、自身が世の理不尽に見舞われて、憤っているかのようだ。

けれど、ゴスケからすればやっぱりそれは、身勝手な言い分でしかない。

目の前に金品が転がっていても、盗みは正当化されない。

なのに、このエノンという女は、そこに金品が転がっていたのが悪いとでも言いたげで、ゴスケは困惑する。

ただ――、

「元はといえば、君が道路に飛び出したんじゃなかったか？」

シディが指摘すると、エノンは噛みつくように吠《ほ》え返す。

「わざとじゃねーし！　仕事で疲れてて……すれ違ったおっさんと肩ぶつかって、フラついちゃって……」

そんな背景があったのかと、同情心がゴスケの中に湧く。

「そんなになるまでキャバがんばっても、売り上げは人並み以下で、全然儲《もう》けられなくて……他の子たちみたいにいいドレスもアクセも着れなくて、みすぼらしくて、裏裏原《うらうらはら》育ちなのもバカにされて……！」

悔しそうに語るエノンの表情には、これまでの痛みや苦悩が深く刻まれていた。

それを目の当たりにすると、ゴスケもおぼろながら共感してしまう。

「そんなときに目の前にお金が降ってきたら、盗っちゃうに決まってんじゃん！」

「…………」

「助かったって、思うじゃん……！」

「…………」

ああ、そういうものなのかもなと、ゴスケは胸の内で頷《うなず》いた。

己の弱さを、愚かさを、迂闊《うかつ》さを、日々痛感しているゴスケだからこそ、エノンの言い分を責められない。

自分だって、生活のためにと闇バイトに手を出したじゃないか。

自分だって、その尻拭《しりぬぐ》いを人にやらせようとしてるじゃないか。

自分だって、散々人に迷惑をかけてるじゃないか。

それに、最後に吐露したエノンの言葉に、心の叫びが凝縮されている。

エノンはきっと、今の境遇から抜け出したくて仕方なかったのだろう。

誰かの助けを求めていたのだろう――。


――たすけて……！　ゴスケぇ……！


「………」

リコの声が、ゴスケの耳の奥で蘇ってはこだまする。

一方で、カゲチヨたちはエノンの言い分にもブレることなく、落ち着いたものだった。

「……終わった？　悲劇のヒロインごっこは」

カゲチヨは、エノンの心の叫びをそう切って捨てた。

「そっちの都合は俺達に関係ないからさ。大人しくついてきてくれんならそれでよし。抵抗するならビリッとキツめの電気流して気絶させるけど、どっちがいい？」

カゲチヨに、エノンへの同情心など微塵《みじん》も見られない。

「……かつく、ムカつく、ムカつく……！」

それを察し、異宙人マフィアへの連行が避けられないことも察し、さすがにエノンも不安と焦燥《しょうそう》に駆られた様子で爪を噛んだ。

「～～～！　あ、あの！　ちょっといいッスか！」

思わずゴスケは、エノンをかばうようにして、カゲチヨとの間に体ごと割って入っていた。

「この人を、コッポラに引き渡さない方向でなんとかならないッスか」

そして、差し出がましいこととは承知しつつも、そう口にしていた。

「はあー？　なんでだよ」

「や、その、このおねえさんにも事情があったみたいッスし……」

眉間《みけん》にシワを寄せるカゲチヨ。ヒサメも微妙そうな顔をしている。

当然の反応だ。

カゲチヨたちは、依頼主たるゴスケのことを最優先に考え、行動してくれている。

なのに、その依頼主本人から異論を挟まれれば、こんな怪訝《けげん》な顔もされるだろう。

正しいのはカゲチヨたちだ。

けれど、それでもゴスケは、こんな相手でも何とかしたいと思ってしまった。

見捨てることが、見放すことが、どうしてもできなかった。

「……ゴスケ……」

そんなゴスケの思いを、カゲチヨは察したのだろう。その眼差しが、一瞬揺らぐ。

けれど軽く頭を振って、すぐにまた厳しい面持ちに戻る。

「いいか、ゴスケ。仕事しても報われない、生まれ育ちをバカにされる――そんなのはな、珍しくもなんともねえんだよ。いちいち同情してたらキリがねえ」

「…………」

言わんとしてることはもっともだ。

「……けど、皆さんは自分に同情して、助けてくれようとしてるッス……」

「……俺達にだって客を選ぶ権利はあるからな」

カゲチヨはそう言ってくれる。

暗に自分の人格が認められたようで、ゴスケは誇らしい気持ちにもなる。

けれど、だからこそ、自分だけが助かって、目の前の女の人がひどい目に遭うということが、どうしても受け入れがたい。

だから、

「というかその……コッポラたちをやっつけちゃうってのは、ダメなんッスか?」

「…………」

思いつくがままに、ゴスケは口走る。

「そうッスよ!　みなさん強いんだし、やっつけちゃえばいいじゃないッスか!」

カレコレ屋への信頼の裏返しで、ついつい声のボリュームも上がる。

しかしカゲチヨは、首を縦に振ってくれない。

「……ゴスケ、前にも言ったろ。単純な強い弱いじゃ、世の中渡れねえんだ」

カゲチヨは駄々をこねる子供を諭すように続ける。

「仮にコッポラをやっつけたとしようか。そのあと俺達がどうなるかわかるか？　俺達は全員、潰《つぶ》される。コッポラに手を出すってことは、そのバックにいる異宙人マフィアにも手を出すってことになるからだ。異宙人マフィアの組織力の前には、俺等なんて簡単に潰し返されちまう。だからこんな回りくどいことをしてでも、落とし所を探ろうとしてんだ」

カゲチヨの言葉に、ゴスケは何も言い返せない。

目先のことしか考えられていない自分に気付かされて、歯噛《はが》みすることしかできない。

「ゴスケ、お前は俺等を買いかぶりすぎだし、やっぱり力に幻想を抱きすぎだ」

「………っ」

力への幻想――かつて、ゴスケがカゲチヨから説かれたものだ。

そのときは、この考え方に救われた。

しかし今は、この考え方に足元をすくわれている。

力は絶対ではなく、それゆえ、カレコレ屋ではエノンを護《まも》りきれない。

その事実が、ゴスケを苛《さいな》む。

「……けど、自分が助かるために、このおねえさんにはひどい目に遭ってもらうなんて……」

そんな……」

「お前が気に病むことはねえんじゃね？　ひどい目っつーか、自業自得《じごうじとく》の因果応報《いんがおうほう》なわけだし」

「は？　うざ。キモ」

「渋谷の人間ならなおさら、他人のヤクに手を出したらヤバいことくらいわかってるだろ」

「キモ。ヤバ。キモ」

「同情の余地はねえ」

「うわキモいキモいキモいキモい無理無理無理無理無理無理」

「ヒサ────！　この人黙らせて！　電気で気絶させるか、唇凍らせちゃって！」

「人に頼らず自分で黙らせてください」

エノンはエノンで反省の色などなく、こんな悪態までついてくる。

カゲチヨからすればなおさら、助けてやる気も失《う》せるだろう。ヒサメも口には出さないが、エノンをよく思っていないのは表情でわかる。

もはやカレコレ屋を頼ることはできない。

となれば、

「……わかったッス。それじゃあ自分、コッポラさんのところに行って話をつけてくるッス」

エノンを救いたくば、自分自身の力でなんとかするしかない。

だからゴスケは、腹を括《くく》ってそう宣言した。

「はあ～？」

「ゴスケくん……」

カゲチヨは心底呆《あき》れ顔で、ヒサメは言葉を失くしている。

かたやシディはというと、

「ゴスケ……！　ウム、よく言った！　ゴスケならきっとやれるさ！」

「！　いけそうッスか!?」

「ああ。誠心誠意込めて謝れば、きっと相手もわかってくれるはずだ！」

「ウッス！　わかったッス！　込めてくるッス！」

ゴスケの決意に感服し、背中を後押ししてくれた。

しかしすぐにカゲチヨに否定されてしまう。

「アホか、無理だ無理。お前ら二人、世界観お花畑か。謝って済むような相手じゃねえからこんなことになってんだろ。お前が手ぶらで行ったところで、腹いせにぶっ殺されるのがオチだ」

正しいのはカゲチヨだ。

シディに持ち上げられて行けそうな気がしてしまったが、やはり現実的には厳しい。

ただ、

「そうなったら……そうなったで構わないッス」

伊達や酔狂で言い出したことではない。

自分の命と引き換えに、エノンを護《まも》れるのならば、本望だ。

「……なんでそこまで……」

ゴスケの覚悟に、カゲチヨは息を呑んでいる。

と同時に、理解できずに困惑している様子でもある。

だからゴスケは、わかってもらえないかもしれないけれど、その理由を告げた。

「護りたいんス、今度こそ。自分、そのための道具なんで」

雨風から、日差しから、身に降る火の粉から、銃弾から――ありとあらゆる加害から、護ってほしいと願い祈られて宿った魂が、自分だ。

それゆえか、リコをみすみす死なせてしまって、のうのうと自分だけが生きていることに、強烈な違和感があった。

道具としての本懐を果たせなかったという、未練があった。

その未練を晴らす絶好の機会が、今だ。

「……頭冷やせ、バカ」

ゴスケの思いを受けたうえで、カゲチヨが静かに、されど鋭く唸《うな》る。その声音と表情は、明確な怒気を孕《はら》む。

カゲチヨは、口ではなんだかんだ言いながらも優しくて、面倒見のいい人だ。そんなカゲチヨを、ここまで怒らせてしまったことは本当に申し訳ない。

ただ、それでももう、止まる気はない。

「本当に勝手で申し訳ないッスけど、自分の依頼はキャンセルでお願いするッス。あとは自分でなんとかするッス」

決別を宣言しながら、ゴスケは自然と、笑顔を浮べていた。

最後の最後でカゲチヨには怒られてしまったけれど、それも含めて、カレコレ屋の三人のことが大好きだからだ。

そんな大好きな三人とも、きっとこれでお別れになるだろうから、最後は明るく元気でいたかった。

「……ゴスケ」

カゲチヨが、苦々しげに呻《うめ》く。

ゴスケに苦言を呈そうとしているのがわかる。

なんとか引き留めようとしてくれているのがわかる。

だからゴスケは、一気にまくし立てた。

「ここまで、カレコレ屋の皆さんにはほんとうにお世話になりましたッス！　それではみなさん、お達者でッス！　エノンさんも、もう危ない橋を渡っちゃダメッスよ！」

その言葉を最後に、ゴスケはカレコレ屋三人に背を向けて、足早に歩きだした。

「おい……おい！　ゴスケ！」

カゲチヨの呼び声が、背中に刺さる。

立ち止まりたい気持ちにも駆られる。

けれどゴスケは、歩みを止めなかった。

首だけ振り返り、バケットハットのつばをつまんで、軽く会釈を返した。

それがゴスケからカレコレ屋への、別れの挨拶《あいさつ》だった。

◆

（……あぁ、楽しかったッスね……）

裏裏原《うらうらはら》ゲットーから、渋西《しぶにし》エリアへ向かう道すがら、ゴスケはこの数日のことを思い返していた。

ホストクラブで働いたこと。

地下格闘技大会を間近で観戦したこと。

服屋で買い物をしたこと。

シディがでたらめに強かったこと。

ヒサメの料理が壊滅的にひどかったことや、勉強を教えてくれたこと。

そして、カゲチヨが手を差し伸べてくれたこと……。

そのどれもが良い思い出で、ゴスケにとっては宝物だ。

本来だったら、コッポラ一味にもっと早く捕まって、地獄を見ていたはず。

それが、カレコレ屋三人のおかげで少し先延ばしになって、楽しい思いができた。重畳《ちょうじょう》だ。

むしろ、役立たずの自分なんかにはもったいないない数日間だった。

そう思うから、ゴスケの足取りに迷いはない。

ゴスケは真っ直ぐ、良い思い出が何一つない場所——闇バイトで宿泊場所としてあてがわれていたビルへと戻ってきた。

折よくビルの前には、例のオーク三人組がくだを巻いていた。

ああ、よかった、話が早いと、ゴスケはその三人組へと歩み寄っていく。

三人組の方も、すぐにゴスケの存在に気がつき、ゴスケを取り囲んだ。

「どういう風の吹き回しだ。あぁン?」

アロハシャツのオークが、ゴスケににじり寄って獰猛《どうもう》に唸《うな》る。

その剣幕に気圧されそうになるが、ゴスケは毅然《きぜん》と答えた。

「コッポラさんにお話があるッス」

「だよなぁ?」

アロハシャツのオークが頷《うなず》いたのと同時、突如ゴスケの視界が真っ暗になり、周囲の音も聞こえづらくなった。

袋か何かを頭に被《かぶ》せられたらしい。

そして、あっという間に手を縛られて、車のトランクらしき狭い場所に押し込まれて、ゴスケはどこかへと連れ去られていく。

ガタゴトとひどい揺れを感じながら、ゴスケはふと思い出した。

（……あ、そういえば、カレコレ屋さんのバッジ、返しそびれてたッス）

ホストクラブで働き始めた際に、お前も一応カレコレ屋側の人間だからと、カゲチヨが貸してくれたバッジ……それを返却せず、胸に着けたまま来てしまった。

しまったと思う反面、嬉しくもある。

このバッジは、カレコレ屋との繋《つな》がりの証。

図々しいながら、お土産《みやげ》として頂いてしまおう。

このバッジさえあれば、この先にどんな未来が待ち受けていたとしても、きっと耐えられる気がするから。

◆

ゴスケが立ち去った後、裏裏原《うらうらはら》ゲットーの路上に残されたカレコレ屋の三人は、途方に暮れていた。

ゴスケから一方的に、依頼のキャンセルを言い渡されて、カレコレ屋として動く動機はなくなってしまったからだ。

「………」

ゴスケの後ろ姿が見えなくなって、ヒサメは強い後悔に苛《さいな》まれる。

ゴスケを呼び止められなかった自分が情けなかった。

事態の解決策を提案できない自分が不甲斐《ふがい》なかった。

人助けをしたいだなんだと普段はうそぶいて、カレコレ屋なんて商売までしているのに、結局自分たちの保身に走ってしまう欺瞞《ぎまん》が、我ながら見苦しかった。

ただ、それらの感情が胸に去来するのは、割り切れないことの――諦めきれないことの裏返しでもあって……、

「どうする？　カゲ」

ヒサメは、カゲチヨに呼びかけた。

しかし、

「………」

カゲチヨは顎《あご》に手を添え、だんまりを決め込む。

「……カゲ？」

聞こえなかったのかと思い、ヒサメは再度呼びかけた。

すると、

「……今考えてる」

言い方にややトゲがあるのは、きっと焦燥《しょうそう》に駆られてのこと。

どうやらカゲチヨも、まだ割り切れず、諦めきれず、必死に策を巡らせているらしい。

そのことが知れて、ヒサメとしてはホッとする。

「だよね」

だからそう頷《うなず》いたら、カゲチヨはこう続けた。

「ゴスケの野郎……なんかカッコいい感じの台詞《せりふ》でごまかしてってたけど、あいつ、依頼のキャンセル料もこれまでにかかった経費も、全部ツケのまんまで払ってなくね!? え、なに、踏み倒された!?」

「……違うと思うよ? ごまかしたとかじゃなくて、頭になかっただけだと思うよ?」

「いいや! あいつは確信犯だ! 去り際のエモい雰囲気も、未払金を有耶無耶《うやむや》にするための演出だ! 俺は騙《だま》されないぞ! ゼッテー耳揃《そろ》えて払わせてやる!」

カゲチヨはなにやら一人でヒートアップしている。

たしかにゴスケは、その辺りの金銭問題をクリアにしないまま行ってしまった。だから、いち経営者として、カゲチヨが憤慨するのも正しい。

けれど、ヒサメにはわかっていた。

カゲチヨのその憤慨っぷりもまた演出で、照れ隠しでしかないことを……。

お金のこととは無関係に、どうにかしてゴスケを助けようとしていることを……。

「……ほんっとに、素直じゃないんだから」

それがわかっているから、ヒサメは忍び笑いを漏らした。

そして、そうこう話していると、エノンが口を開く。

「……ねえ？　わたしこれ、見逃してもらえるってこと？　ラッキ。もう行ってい？」

ゴスケの決死の覚悟など、まったく響いていない様子である。

どこまでも身勝手なエノンに、カゲチヨはわなわなと拳を震わせて吠《ほ》えた。

「こいつ……！　俺が女だったらぶん殴ってる！」

「は？　あんたが女だったら殴り返してボコボコにするから」

「ひい！　やめて許してぶたないで！」

「あっさり言い負かされるな。情けない」

ヒサメがカゲチヨに白い目を向ける傍らで、シディがエノンに尋ねる。

「盗んだクスリを売った相手は、知り合いなんだろう？　だったら、お願いして返してもらえばいいんじゃないのか？」

シディの発案も間違いではない。売ったものが手元に残るようなものであれば、それも可能であったかもしれない。

ただ、クスリは消耗品だ。

エノンは首を横に振る。

「知り合いだけど、みんなもう使っちゃってるっしょ。異宙人専用のハード系にハマってる子たちばっかだし」

「返金するにも、その元手もないしね」

そしてヒサメが補足するように、そもそも売り上げで得たお金も、エノンは服だの整形だのに使ってしまった。

「そういうこと。だからもうどうしようもないよ。わかったら、解放してくんない?」

「ウム。引き止めてしまってすまなかった。気をつけて帰るんだぞ。家まで送ろうか?」

「……コイツ、さっきからなんなの……? こんなわたしなんかに、優しくして……」

エノンが戸惑ったようにつぶやく。

まったくだ。

さすがにここまで優しくされると、何か下心でもあるのかとシディを警戒してしまうといったところだろう——と、ヒサメは思ったのだが、違った。

「やめてよ、そういうの。わたしに優しくしないで……! そんな優しくされたらわたし、勘違いしちゃうぢゃん……!」

エノンは顔を赤らめ、急にツンデレ乙女の顔になってしまった。

シディの顔をまじまじと見上げて、瞳の中のハートをキュンキュンさせている。

「なにこのラブコメ時空。てか帰しちゃダメだから」

白けきっているヒサメに言われ、シディはエノンに言う。

「だそうだ。すまないが、今日は君を帰さない」

「！」

ズキューン！　と、シディのその台詞《せりふ》がまた、エノンのハートを撃ち抜いた。

「もう二人で勝手にやってればいい」

呆《あき》れてため息をつくヒサメ。

すると、

「――あぁ、そうだシディ。その女、絶対に帰すなよ」

これまで黙っていたカゲチヨが、不意に口を開いた。

「ウヌ？」

「カゲ？」

見ればカゲチヨは、先ほどまでの焦りの表情から脱していた。

口元には勝ち気な笑みが浮かび、眼には光明が宿る。

「今そいつ、すげえ重要なこと言いやがった」

言いながら、カゲチヨはエノンに歩み寄る。

カゲチヨの目つきが変わって、さしものエノンも気圧される。

「なぁおい。もっかい教えてくれ。アンタがパクって捌《さば》いたそのクスリ、誰専用のハード系だって？」

先ほどのシディとのやり取りの中で、エノンがふとこぼした一言があった。

本人も、その一言が重要な情報である自覚などなかっただろう。

けれどカゲチヨは、それを聞き逃さず、突破口の糸口を掴《つか》み取った。

◆

これまで散々手を煩《わずら》わされた腹いせか、オーク三人組によるゴスケの扱いは手荒なものだった。

怒鳴られ、放り投げられ、背中を蹴《け》られたり、頭を殴られたりしながら、ゴスケはどこかしらの屋内に連れてこられた。

跪《ひざまず》かされ、ようやく頭に被《かぶ》せられていた黒い袋を外される。

そこはだだっ広いフロアだった。

ブラインドカーテンの向こうにうっすら見える景色からすると、どこぞの大通りに面したビルの三、四階といったところだろうか。

フロア全体は片付けられて、がらんとしているが、壁側にはオフィスチェアやデスク、書類棚などが無造作に寄せられ、積み上げられている。

オフィスの居抜きのフロアといった趣だ。

そこに、二〇人ほどのオークが集結していた。例のオーク三人組の姿もある。

そして、そんなオークたちを統括するような位置取りに、デスクが置かれていて、一人のオークが鎮座している。

ワイシャツ、ネクタイ、チョッキという服装はピシッとしていて、威厳も一人だけ明らかに違う。

そのためそのオークが誰であるか、ゴスケにもひと目で理解できた。

「コッポラさんッスか」

「ああ」

コッポラは重々しく頷《うなず》く。

ゴスケは跪いたまま、腰を折って頭を下げた。

「仕事で失敗しちゃって、ごめんなさいッス」

「まったくだ」

「逃げちゃったことも申し訳ないッス」

「そうだな」

コッポラは言葉少なに頷《うなず》くのみ。

ゴスケの詫びの言葉には、まるで関心がないことが伝わる。

「クスリ持ってった女はどこの誰だ。知り合いか？　グルか？」

この詰問こそが、コッポラにとっての最大の関心事だろう。

ゴスケは頭を振った。

「……すみませんッス。あの人のことはわからないし、知らないッス」

ここでエノンについて口を割ったら、ゴスケが出頭した意味がない。

なのでゴスケはしらを切って、さっきよりもさらに深々と頭を下げた。

「だから、自分がお詫びしたいッス。一生自分を奴隷としてこき使ってくれても構わないですし、この命で済むなら差し出させてもらうッス。仕事の失敗は、それで勘弁してほしいッス」

額を床にこすりつけてゴスケはコッポラに赦《ゆる》しを乞《こ》う。

「…………」

コッポラは無言でゴスケを見つめ返すのみで、なかなか返答をよこさない。

なのでゴスケは痺《しび》れを切らし、もう一言を付け加える。

「ただ一つだけお願いがあって……自分の荷物を返してほしいんッス。大切な人の形見が入ってるんで……」

「……形見？」

コッポラがようやく反応した。

コッポラが部下のオークたちに目配せをすると、アロハシャツのオークがコッポラのもとへ歩み寄っていく。

「これのことですかね」

アロハシャツのオークの手には、小汚いトートバッグが握られている。

ゴスケの唯一の私物だ。

アロハシャツのオークは、そのトートバッグをひっくり返し、中身を全部出す。

といっても、中に入っていたのはタオルだの、歯ブラシだの、ティッシュだのといった生活雑貨くらいのものだが、ひらりと一枚、写真も落ちてきた。

「あ、それッス！」

ゴスケは興奮気味に声を上げる。

アロハシャツのオークはその写真を拾い上げ、コッポラに見せた。

写真に写っているのは、ひとりの幼い女の子――リコだ。

家の庭かどこかで、リコが大事そうに一本の赤い傘を――ゴスケを抱きしめて、満面の笑顔を咲かせている。

ゴスケが、リスクを犯してでも取り返したいと切望していた、リコの形見の写真だ。

トートバッグごと捨てられたりしていたらどうしようかと思っていたが、形見の写真が無事で、ゴスケは胸をなでおろす。

けれどゴスケのその、ほっとした表情こそが、コッポラの逆鱗《げきりん》に触れた。

「……仕事の失敗は働いて返させてほしい。ついでに大事な人の形見も返してほしい。……舐《な》めてんのか、てめえは」

コッポラが顎《あご》を振る。

と、アロハシャツのオークが、思い切りゴスケの腹を蹴《け》った。

「カハッ……！」

尖《とが》った爪先がみぞおちにめり込み、地獄の苦しみがゴスケを襲う。

床に突っ伏すゴスケに、コッポラの怒鳴り声が降り注ぐ。

「てめえみたいなガキの働きで、命で、帳消しにできるほどのヘマじゃねえんだよ、ありゃあ！」

「どうします？　ボス」

「このガキ、女の身元を知ってるぞ。吐かせろ」

ゴスケがシラを切っていることを、コッポラには見抜かれているらしい。

コッポラが拷問の命令を下すと、部下たちが腕まくりをして、ゴスケに歩み寄ってきた。

その部下たちに、コッポラが重ねて言う。

「おい、古着屋の二の舞いにならないようにしろよ。くれぐれも、吐くまで殺すな。いいな」

「……古着屋……？」

コッポラの言葉が引っかかって、ゴスケはふと反応した。

するとアロハシャツのオークが鼻で笑いながら言う。

「てめえや女を捜すのに、裏原《うらはら》の情報屋を当たってなぁ。情報屋のくせしてなかなか情報をくれねえから、うっかり殺しちまったよ。へっ、古着だけ売ってりゃあもっと長生きできたのにな」

考えたくもなかったが、ひとつの可能性がゴスケの脳裏をよぎる。

わなわなと体を震わせながら、ゴスケはおそるおそる尋ねた。

「……ベンジーさん……!?」

「あー……たしかそんな名前だったかな？」

アロハシャツのオークに首肯《しゅこう》されてしまった瞬間、ゴスケの中で、何かが弾けた。

「～～～っ！　うわあああああああ！」

ゴスケの慟哭《どうこく》が響き渡る。

服を見繕ってくれた……色んな情報をくれた……自分に親切にしてくれた人が、自分のトラブルに巻き込まれて殺されてしまったという事実が、ゴスケの頭を殴りつける。

ゴスケは近寄ってきたオークたちの手を振り払うように、めちゃくちゃに身を捩《よじ》って暴れた。

しかし後ろ手で拘束されている状態で暴れたところで、たかが知れている。抵抗も虚しく、ゴスケはあっさり取り押さえられてしまう。

「お、なんだなんだ。どうした。あの情報屋、知り合いだったのか？　残念だったなぁ」

アロハシャツのオークはヘラヘラ笑いながら、おもむろに胸ポケットからライターを取り出した。

そして、着火。

「早めに吐いてくれれば、お前の命も大事な形見も助かるかもしれないぜ？」

アロハシャツのオークはそう言いながら、揺らめくライターの火を、形見の写真に近づけていく。

「！　あ、あ、やめてほしいッス！　ダメッス！」

ゴスケは必死に叫び、懇願する。

しかしゴスケの叫びも虚しく、リコの写真にライターの火が燃え移った。

自身が火炙《ひあぶ》りにされたような痛みと絶望がゴスケを襲う。

オークたちの所業はあまりにも邪悪で、話など一切通じないことを痛感して、心が折れる。

ああ、世界はなんて残酷なのだろう。

どうしてこんなにも理不尽なのだろう。

こんな辛い思いをするのなら、生まれてきたくなんてなかった。

魂など宿らないまま、ずっと傘のままでいたかった……。

写真の下のほうから、じわじわと火が燃え広がり、いよいよリコの足元が灰になる。

生けず殺さずの拷問が始まり、やがて身も心も壊されて死ぬ。

ゴスケの瞳から、生気の光が消え失《う》せる——その直前だった。

ヒュオウと、凍てつくような風がフロアを吹き抜けた。

その場にいる全員が身震いし、写真を燃やしていた火も消えた。

いや、それどころではない。

写真を炙っていたアロハシャツのオークの手が、ライターごと瞬く間に凍りついた。

「!? なんじゃこりゃあ!? うがあああああ!」

アロハシャツのオークは、凍りついた手を抱え込んで倒れ込む。

手放された写真が、ひらひらと舞い落ちる。

一体何が起きたのかと、騒然となるオークたち。

さらにふと気付けば、フロアの外が何やら騒がしい。

両開きの大きな扉の向こう側で、何者かの怒号が、爆発音が、そして悲鳴が折り重なる。

直後、扉が蝶番《ちょうつがい》ごと吹っ飛んで、外にいたと思わしきオークもろともフロア内に倒れ込んできた。

そして、もうもうと立ち込める粉塵《ふんじん》を裂いて、三人の人影がフロアの中に悠然と入ってくる。

そのシルエットを見た瞬間、ゴスケは泣きそうになった。

自分ひとりでなんとかするると、大口を叩《たた》いて別れたくせに、なんとも情けない話ではある。

けれど、安堵《あんど》のあまり、嬉しさのあまり、目頭が熱くなる。

「人の大切なものをわざわざ燃やそうとするとか、ほんっと悪趣味。頭冷やしてね」

冷気と怒気を纏《まと》って現れたのは、ヒサメだ。

「無事か、ゴスケ」

叩きのめしたオークの首根っこを両手に掴《つか》み、涼しい顔をしているのはシディだ。

そして、

「ども」

緊張感のない笑みを口元に浮かべ、ひょっこり現れたのは、カゲチヨだ。

カレコレ屋の三人が、ゴスケの窮地に現れた。

「なんだ、てめえら」

オークたちが動揺する中、コッポラは一人落ち着き払い、カレコレ屋の三人を睨《にら》みつける。

その鋭い眼光に臆《おく》することなく、カゲチヨが飄 々《ひょうひょう》と名乗りを上げた。

「何でも屋を営んでる、カレコレ屋です」

「何でも屋……？　何の用だ」

「ええ、実はそこに転がってる少年から、依頼を受けてましてね。闇バイトでヘマしたから、
事態を丸く収めてほしいって」

「……なるほど。てめえらがガキを匿《かくま》ってたってわけか」

コッポラはそれを聞いて、納得したように頷《うなず》く。

そしてその途端、コッポラの表情が憤怒で歪む。

「となると、その依頼は失敗に終わったな？　こんな真正面から攻め入っておいて、丸く収まるわけがないだろう。俺たちに手を出すってことは、異リーガルギルドに楯突《たてつ》くことだとわかっているのだろうなぁ!?」

フロア中に轟《とどろ》く怒号。

突然の乱入に動揺していたオークたちも、その一喝で息を吹き返したかのように、獰猛《どうもう》なギラつきを目に宿す。

そして各々、懐からナイフや銃を抜いて、カレコレ屋の三人を取り囲む。

一触即発の雰囲気に、しかしカゲチヨはそれでも臆《おく》さない。

ポリポリと頬を掻いて、「……その話なんですけどね」と切り出した。

「その少年からの依頼はもういいんです。一方的にキャンセルされちゃいましたから。……ただ、実はついさっき、新規の依頼をひとつもらってきまして」

「新規の依頼だぁ？」

「ええ。依頼主は、今まさに名前が出た、異リーガルギルド。その依頼内容は、『コッポラ一味の粛清《しゆくせい》』」

「！」

驚愕《きょうがく》に目を見開き、部下のオークたちにも動揺が走る。

「このクスリ、異宙人向けのやつですよね？」

言いながら、カゲチヨはポケットからパケ袋を取り出した。

エノンが所持していた最後の一袋で、中にはカラフルな錠剤が入っている。

「異リーガルギルドじゃ、異宙人向けのクスリは取り扱いがご法度のはずだ」

カゲチヨの追及に、コッポラは顔をしかめる。

異宙人マフィアであればこそ、異宙人向けの違法薬物をしのぎにする――世間一般的にはそのように思われがちだが、実態は違う。

組合員がみな異宙人である異リーガルギルドであればこそ、同胞の薬物汚染を是としておらず、組織の取り決めとして、異宙人向けの違法薬物の取り扱いは禁止されている。

むしろ異宙人向けの違法薬物を積極的に売買しているのは、地球人を構成員とする陸王会のほうなのだ。

「――にもかかわらずコッポラさん、あんたはそれをこっそり売り捌《さば》いてた。ゴスケへの追い込みの掛け方が、妙に荒っぽいというか余裕がないような気はしてたんですよ。けどそれにも合点がいった。あんたは異リーガルギルドにバレるのを恐れてたんだ。だから必死にゴスケを追って、この一件をもみ消そうとしてたんだ」

ゴスケの失態は、あまりにも派手な騒ぎとなって、注目を集めすぎた。

それゆえゴスケから、あるいはエノンから、自身が異宙人向けの違法薬物を売買していることが異リーガルギルドの上層部にバレかねなかった。

そうなれば、組織の掟に背いた報いとして、自分たちが消される――そうなる前に、コッポラはゴスケらを消そうと躍起になっていた。

ゴスケも危機的立場にあったが、コッポラもまた危うい状況にいたのである。

しかし、

「けどすみません。俺らがそのことを直接タレ込んだので、ぜーんぶバレちゃいました」

カゲチヨはその事実を、異リーガルギルトに洗いざらいぶちまけた。

そして異リーガルギルドにこう持ちかけたのだ。

裏切り者とはいえ、同胞に手をかけるのは忍びないでしょうと。

であれば、裏切り者の粛清《しゆくせい》は、我々にお任せをと。

何でも屋たる、カレコレ屋に――。

異リーガルギルドは、この提案を了承。

正式な依頼として、コッポラの粛清を発注してきたというわけだ。

すなわちコッポラは、異リーガルギルドの後ろ盾を失った。

「クソガキがぁ……!」

コッポラは憎々しげに唸《うな》る。部下のオークたちも怒りと焦りを募らせる。

するとますます、カゲチヨの意地悪な笑みが深まっていく。

「でも、先方の反応からすると、薄々感づいてたっぽいですよ？　だから結局、遅かれ早かれこうなってたんじゃないですかね」

カゲチヨが肩を竦《すく》めると、いよいよ追い詰められたオークたちは逆上した。

「さっきから黙って聞いてりゃ調子に乗りやがって！　こっちゃあ荒事も修羅場も散々くぐり抜けてきてんだ！　コッポラ一味を舐《な》めるなガキがぁ！」

手を凍らせたままながら、アロハシャツのオークの士気は健在。

カゲチヨらを威嚇《いかく》し、同時に他のオークらを奮い立たせる。

が、

「えーと……そういうのも、自惚《うぬぼ》れなんですよね」

カゲチヨはそれを、一笑に付した。

「俺らがこれまで回りくどいことして、下手に出て、なるべく穏便に済ませようとしてたのは、あんたらが異リーガルギルドの看板に守られてたからに過ぎないんですよ」

ヒサメもシディも、猛るオークらに囲まれたとて、怖気《おじけ》づく素振りは微塵《みじん》もない。

むしろ、ようやく思う存分戦えるとばかりに、らんと目を輝かせる。

「その看板外されて、五分五分の立場になった今、俺らカレコレ屋があんたらを恐れる理由はないです。……修羅場なら、俺らもそれなりにくぐってきてるんで」

このカゲチヨの一言が、引き金だった。

「〜〜〜っ！　やっちまえええ！」

プライドを傷つけたか、二〇人近いオークたちが、怒りの形相で一斉に襲いかかってくる。

巨漢のオークはシディを殴り殺そうとし、長髪のオークは拳銃をヒサメに向けた。

脅しや威嚇《いかく》などでは無論なく、明確に殺しにかかってきた。

しかし、カレコレ屋の敵ではない。

シディは巨漢のオークの拳を掴《つか》むと、その巨体を思い切り振り回し、襲いかかってきたオークたちを薙《な》ぎ払った。

長髪のオークが乱射する弾丸は、一発たりともヒサメには届かない。

ヒサメの周囲には氷の壁がそそり立ち、銃弾を阻《はば》むからだ。

そして氷の防壁の内側から放たれる雷撃に、オークたちはなすすべもなく撃たれて倒れる。

「こんの……！　化け物があぁああ！」

アロハシャツのオークは、この大混戦に乗じてカゲチヨの背後に回ると、隙を見て駆け寄りナイフを突き刺した。

狙《ねら》いは首。頸《けい》動脈。

刺し傷は広く深く、血が噴水のように噴き出す。

それは見るからに致死量で、アロハシャツのオークは、一矢報いたと口元を綻《ほころ》ばせる。

が、それも束の間のこと。

「――アー、俺に血を流させないほうがいいのに」

カゲチヨがぼやき、不可思議な現象が起こる。

首から噴き出た血が、床を汚さない。

霧のように宙空に留まり、やがては大きな一塊となって蠢《うごめ》く。

そしてさながら刃のような形状となって、アロハシャツのオークを切り裂いた。

「ぐあ……っ！」

アロハシャツのオークは、一体何が起こったのか理解できぬまま、その場に崩れ落ちた。

床に転がって一部始終を見ていたゴスケも、カゲチヨのその能力は初めて見る。

ゾンビと吸血鬼のハーフで、不死身だということは聞き及んでいたけれど、血液を操れるというのは初耳だ。

これまでそんな素振りは見せなかったが、カゲチヨもまたシディやヒサメ同様の戦闘能力を持ち合わせていたのか。

ここへ来て明かされる事実に、ゴスケはあんぐりと口を開ける。

そうこうしている間に、気付けばフロアに立っているのは、カレコレ屋の三人のみ。

他のオークたちはみな、戦闘不能状態で床に転がっている。

まさに瞬殺。

圧巻の戦力。

そして残るは、あと一人。

依然デスクにふてぶてしく座って、苛立《いらだ》たしげに眉間《みけん》を揉《も》みながら、事の成り行きを見守っているコッポラのみ。

そんなコッポラに、カゲチヨはおどけた調子で敬礼し、ヒサメに目配せ。

「それじゃあコッポラさん、お疲れさんです。――ヒサ」

「うん！」

ヒサメは氷柱《つらら》の矢を放ち、コッポラを射止めんとした。

それで決着がつくはずだった。

が、ヒサメが放った氷柱の矢は、コッポラの身体をすり抜ける。

「⁉」

これにはカゲチヨたちも意表を突かれたようだ。

直後、コッポラの姿が、蜃気楼《しんきろう》のようにジジッと揺らぐ。

まさかと息を呑みながら、カゲチヨがコッポラの元へ駆け寄っていく。

間近で見るコッポラは、薄っすらと身体が透けていた。

そしてコッポラの座る椅子には、小型のプロジェクターが置かれていた。

実体はここにはない。

「ホログラムかよ!?」

カゲチヨは下唇を噛む。

すべてのトラブルの元凶を——そして粛清《しゅくせい》のターゲットを追い詰めたかと思いきや、その実体はここにはない。

——自惚《うぬぼ》れているのはどちらか、教えてやるぞ、ガキども——。

コッポラのホログラムは、呪詛《じゅそ》のような台詞《せりふ》を最後に、プツンと消えてしまった。

「……消えちゃった」

「ウヌ？　これは……逃げたのか？」

「うへえ……それはそれで面倒だな……。粛清しろって依頼受けちゃってるし」

なんとも煮えきらない結末に、戸惑うカレコレ屋の三人。

しかし、ここにいたって始まらない。

「とりあえず、一旦事務所に戻るか」

「そうだね」

「ああ」

カゲチヨが言って、ヒサメとシディも相槌《あいづち》を打つ。

そしてこの段になってようやく、カゲチヨとゴスケはまともに目が合った。

「……あ、あの……」

ゴスケは言葉に詰まる。

身勝手に依頼をキャンセルしておいて、結局カレコレ屋の三人に助けられてしまった。こんな無様を晒《さら》しておいて、一体なんと言えばいいのだろう。

ゴスケは己の未熟さを恥じていると、カゲチヨは平然と言う。

「バッジ、お前に預けといてよかったわ。実はそれ、発信機になってんだよ」

「……え？　そうだったんッスか」

思わぬ事実に、ゴスケは面食らう。

このバッジはいわゆる社章のようなものだと思っていたが、そんな機能がついていたとは。

「ああ。おかげで異リーガルギルドのお偉いさんのとこ寄った後、ここへもすぐに来れた」

「返すの忘れちゃったなって思ってたんッスけど……そういうことなら、よかったッス」

「そうだな」

カゲチヨはあまりにも普通に話しかけてくるものだから、ゴスケからもすんなり言葉が出てくる。

そしてその流れで、カゲチヨから言われてしまった。

「あとお前、俺達に返してねえもんがバッジ以外にもある」

「え？」

「立て替えてた服代。あと俺達への依頼のキャンセル料と、これまでにかかった経費。これ全部ツケだ。返せよ、ちゃんと」

「…………」

さも、それが理由でここへ来たのだと言わんばかりの口ぶりだ。

けれど、本当はお金の問題ではないことくらい、ゴスケにもわかった。

だから、

「……ウッス。すみませんでしたッス……！」

ようやくゴスケは、詫びの言葉を口にできた。

「おう」

カゲチヨが軽く頷《うなず》く。

「あと、ありがとうございましたッス……！」

礼も、素直に言うことができた。

「おう」

これにもカゲチヨは軽く頷く。

そして、

「このツケは、一生かかってでも返すッス……！」

ゴスケが報恩を誓うと、

「当たり前だ。長生きして、ジジイになるまで働いて、きっちり返せ」

カゲチヨはそう言って笑い、ゴスケの拘束を解いてくれた。

自らの命をなげうつことで、道具としての本懐を果たそうとした。

自分にできることなんて、それくらいしかないと思ったし、そうすることが、何もしてやれなかったリコへの罪滅ぼしだとすら思っていた。

けれどカゲチヨは、生きろと言う。

死に急いでいたゴスケに、遠回しながらそう言っている。

それが恩人の要望ならば、背くことはできない。

道具として死のうとするのではなく、道具として生きることを、このときゴスケは心に決めた。

◆

目隠しをされて連行されたゴスケは、自分がどこにいるのかを、ビルから出て初めて知った。

場所はなんと、スクランブル交差点に面した商業ビル。

そのワンフロアをコッポラ一味が借り上げていたようで、ゴスケはそこへ攫《さら》われてきたというわけだ。

カゲチヨたちとゴスケは、ひとまず今後の方針を練るために、カレコレ屋の事務所への途につく。

「そういえば、エノンさんはどうしたッスか」

ふとエノンの存在を思い出したので尋ねると、カゲチヨは苦笑を漏らす。

「なんかシディに惚れて改心したっぽい」

「？　どういうことッスか？」

「ウム、『あなた達には迷惑をかけた。その分、頑張って働いて、慰謝料として返す』と意気込んでいたな」

シディが感慨深げに答え、ゴスケは驚いた。

「え、あのエノンさんが？」

なかなか我の強い女の人だったから、改心や反省をしている姿を想像しがたい。

なので、そんなエノンを改心させてしまったシディに、ゴスケは尊敬の念を抱いたが……

しかし、実のところはそう褒められたものでもないようだ。

カゲチヨが言う。

「いや、シディお前、あの女が言ってたことを好意的に解釈しすぎて、全然違うニュアンスになってるぞ……。あの女は『シディくんには迷惑をかけた。その分、売りでも詐欺でもなんでもやって、シディくんに貢ぐ！　シディくんに嫌われたくない！』って言ってたろ……」

「ウヌ？　そうだったか？」

よくよく聞けば、改心でも反省でもなんでもなかった。

単にシディに沿っているだけで、新たなトラブルへ片足を突っ込もうとしているだけだった。

そんな他愛もない話をしながら、スクランブル交差点を渡る。

大勢の人が行き交う、そのど真ん中に差し掛かったところ。


パァン！　と、乾いた音が響いた。

かと思うと、カゲチヨの右目に大穴が開いて、後頭部から血が噴き出した。


「!?　キャアアアアアア！」

通行人の女が、それを目の当たりにして悲鳴を上げる。

パァン！　再び乾いた音が響くと、今度はカゲチヨの腹部で血泉が上がる。

その衝撃的な光景を皮切りに、スクランブル交差点は大パニックに陥った。

「うぉおおお!?　な、なんだ!?」

「やばいやばい！　あの人血出してる！」

「逃げろ！　逃げろ！」

通行人が蜘蛛《くも》の子を散らすように、カゲチヨたちの周囲から逃げていく。

当の本人たるカゲチヨも、右目から、後頭部から、腹部からダラダラ血を流しながら、鋭く叫んだ。

「〜〜〜っ！　銃撃だ！　ヒサ！　氷を張れ！」

「うん！」

ヒサメがすぐさま地面に手をやり、冷気を最大放出。

分厚い氷のドームで、四人全員を覆う。

すると、そのドームの外壁に、銃弾が撃ち込まれた音が数発続き、やがて静かになった。

ヒサメが氷のドームを形成しなければ、それら銃弾は四人を襲っていたのだろう。

カゲチヨには再生能力があるからいいが、ヒサメやシディやゴスケだったら、死んでいた。

「この威力……それに、撃った張本人も見当たらないとなると、スナイパーライフルの狙撃《そげき》だな」

銃痕《じゅうこん》を再生させながら、カゲチヨが冷静に分析する。

「コッポラかな」

「十中八九、そうだろうな。ヒサ、ちょっと氷の一部を開けてくれ。外の様子を探りたい」

「わかった」

カゲチヨに言われ、ヒサメはドームの氷壁に亀裂を入れる。

人一人分が辛うじて半身を出せるほどの亀裂で、カゲチヨはそこからそーっと外を覗《のぞ》いた。

と、そこには異様な光景が待ち構えていた。

一瞬、数匹のスズメバチかなにかが氷のドームに集っているのかと思った。

黒い影が、ふわふわと浮いて、ドームの周囲をぐるぐる旋回しているのだ。

が、よくよく見ればそれはスズメバチなどではない。

銃弾だ。

「え、なにこれ」

カゲチヨは思わずつぶやいた。

その刹那、ふわふわ浮いていた銃弾が、亀裂から顔を出しているカゲチヨを目がけ、ものすごい速度で向かってくる。

「!?」

ぐしゃっと、肉と骨が潰《つぶ》れる音が響く。

一発の銃弾が、カゲチヨの額を撃ち抜いた。

それを皮切りに、ふわふわ飛び交っていた他の銃弾も、カゲチヨに殺到してくる。

「うおおおお!?　ヒサ！　氷を閉めろ！　早く！」

カゲチヨは慌ててドームの中へと引っ込んで、覗《のぞ》き穴たる亀裂を閉じてもらう。

すると銃弾は、氷壁に阻《はば》まれて、力なく地面に落ちて転がった。

「おいおい、なんだよこの弾……」

カゲチヨが困惑してつぶやいて、腹部にできた傷痕を指先でいじる。

すると一発の銃弾が、傷からコロンと出てきた。

見るに、何の変哲もない銃弾だ。

銃弾とは本来、射線上を一直線に進むものだ。ましてや一度放たれた銃弾は、宙空で留まるものではない。

それがまるで、虫のように宙を自在に飛んでいた。

そして、意思を持っているかのように、カゲチヨの命を獲りに来た。

コッポラの能力なのか、異宙由来の特殊な銃なのか、それはわからない。

ただ、非常に厄介《やっかい》だ。

どうしたものかと唸《うな》るカゲチヨに、ヒサメが言う。

「どうする？　このまま籠城《ろうじょう》して根比べ？」

カゲチヨはその案を検討しつつも、首を横に振った。

「……いや、むしろコッポラが逃げずにいてくれてんならチャンスだ。俺達の命を狙《ねら》ってくれてるうちに、とっ捕まえよう」

てっきりコッポラは逃げ出したのかと思いきや、カレコレ屋との決着を望んでいるらしい。

身の危険に晒《さら》されている反面、コッポラの粛清《しゅくせい》を依頼として引き受けてしまっているカレコレ屋からすれば、コッポラの身柄を押さえる好機ともいえる。

ただ……、

「どうやって？　どこから狙撃《そげき》されてるのかわかんないよ？」

ヒサメが指摘する通り、問題はそこだ。

四人が今いるのは、スクランブル交差点のど真ん中。遮蔽物《しゃへいぶつ》など何もない。

どこからでも狙《ねら》い放題であり、裏を返せば、こちらから狙撃ポイントを特定するのは難しい。

「カゲに撃ち込まれた銃弾の角度とかから、狙撃ポイント割り出せたりしないの？」

「おぉ！　刑事ものの映画でそんなシーンを観たことがあるぞ！　カゲチヨ、ちょっと撃たれて来てくれ」

「いくら俺が不死身だからって、『ちょっとジュース買ってきて』くらいのノリで言うのやめてね？　痛いは痛いんだからね？　――てか、弾道があってないようなもんなんだし、その手は使えないいな」

弾道が一直線なら狙撃ポイントの特定もある程度はできようが、この銃弾、宙空を自在に飛び回る。

そうなると、弾痕は狙撃ポイントを割り出す手掛かりとならない。

「逆にシディ、銃声で位置の特定とかは？」

「ビルに反響してしまって難しいな。かなり遠く……ということくらいしかわからん」

「火薬の匂いとかはどうだ?」

「む、それは試してなかったな。どれ。……クンクン……。……む!? 臭う! 臭うぞ! 風呂には毎日入って着替えもしなければダメだぞ、カゲチヨ!」

「風呂には入ってるし着替えもしてるっつーの! やめてそういうこと言うの! 今ちょっと汗かいちゃっただけだから!」

「銃声も火薬の匂いもダメ、か……。となると、他に方法は……」

カゲチヨとシディが言い合いをし、ヒサメは真剣に策を練る。

「…………」

そんな、カレコレ屋三人の様子を横目に、ゴスケは一人、先ほどから黙りこくっていた。

カゲチヨの胸に撃ち込まれた銃弾――それを拾い上げ、まじまじと見つめていた。

というのも、

――……失敗。

――……失敗。

――……殺しそこねた。失敗。

――……ごめんなさい。コッポラ様。

銃弾から、声が聞こえてきたからだ。

ゴスケはその声に耳を傾け、そしてはたとひらめく。

そして、ああでもないこうでもないと話し合ってるカレコレ屋三人に、ゴスケは割って入った。

「……あ、あの、あの！　自分、もしかしたらわかるかもしれないッス！　コッポラの居場所！」

「「「え？」」」

ゴスケの言葉に、カレコレ屋三人の声が重なった。

◆

スクランブル交差点のはるか頭上、上空一〇〇〇メートル。

一頭のペガサスが、風を受けて優雅に浮遊する。

ペガサスには鞍が備わっており、そこに一人のオークが跨《また》がって、ライフルを構えていた。

コッポラである。

ペガサスは愛馬の『ジル』、ライフルは愛銃『ヴィーノ』、どちらもコッポラが絶対的な信頼を寄せる相棒だ。

趣味のハンティングのみならず、生死を懸けた人狩り《マンハント》も共にして、数々の大物を仕留めてきた。

ペガサスは、コッポラの思惑をつぶさに読み取り、手足のように忠実に働いてくれる。

そして愛銃ヴィーノとその弾丸はどちらも、とある高名なガンスミスによって製造された、コッポラだけの特注品だ。

一見すると普通のスナイパーライフルと弾丸だが、その実、追尾機能が備わっている。

普通の弾丸は、射線上を一直線に進むのみ。

しかしヴィーノの弾丸は、一度標的をロックオンすれば、発射エネルギーが尽きるまで、自在な軌道でその標的を追い続ける。

ロックオン後に遮蔽物《しゃへいぶつ》に隠れても、遮蔽物を迂回《うかい》して標的を撃ち抜く。

標的が穴ぐらに逃げ込んで、蓋をして閉じこもったとしても、放たれた弾丸は空中に待機して、標的が穴ぐらから出てくるのを待つ。

弾丸の一発一発が、さながら猟犬なのである。

そして今、コッポラが覗《のぞ》き見ているライフルの高倍率スコープには、氷のドームが映っている。

コッポラはカレコレ屋の三人とゴスケを、獲物としてロックオンしたのである。

コッポラは慎重な男だった。

行方を追っていた運び屋のガキ――ゴスケを確保したと部下から報告を受けたとき、コッツポラは喜びも安堵《あんど》もしなかった。

むしろ、警戒した。

なにせ、ゴスケは捕まったのではなく、自ら投降してきたというではないか。

あれだけ逃げ回っていたのに、どうして今さら?

何か裏があるのでは……コッポラはそう考えた。

かつて、追い込みをかけすぎたあまり、腹に爆薬を仕込んでアジトに突撃してきた男がいた。

そういうことも、起こり得る。

それを知るコッポラだからこそ、ゴスケとはホログラム越しで顔を合わせた。

そしてその、経験則に基づく直感は正しかった。

ゴスケ本人は知らなかったようだが、ゴスケを匿《かくま》う者たちが襲撃をかけてきた。

カレコレ屋などと名乗る、何でも屋のガキ三人。

忌々《いまいま》しくも、コッポラ一味の上部組織、異リーガルギルドのお墨付きを得たうえで……。

慎重な男である一方、コッポラは野心家でもあった。さらなる権力、さらなる地位への渇望には抗えず、異リーガルギルドではご法度の違法薬物に手を出した。

大きなリターンを得るための、危険も承知の賭けであったが、コッポラはあえなく、その賭けに負けた。

もはやコッポラは、裏切り者として異リーガルギルドから追われる身だ。

こうなるともう、すぐにでも渋谷から行方をくらませなくてはならない。

あんなガキどもに構っている時間がもったいない。

そんなことはわかりきっていた。

しかし、切った張ったで裏社会をのし上がってきた、いちマフィアとしての意地が、コッポラをその場に留まらせた。

舐《な》めくさったガキどもに鉄槌《てっつい》を――。

コッポラは、理性的なリスクヘッジと、マフィアとしての意地の間で、せめぎ合っていた。

そしてその意地が、どうやら報われたらしい。

コッポラが覗《のぞ》き込んでいた高倍率スコープの中で、変化があった。

ガキどもは、スクランブル交差点のど真ん中に氷のドームを出現させて、その中に籠城《ろうじょう》していた。

一度はそこから出ようとしたようだが、追尾型弾丸の洗礼を浴び、すぐにまた閉じこもってしまった。

それから小康状態が続いたが、しかし、いよいよ痺《しび》れを切らしたらしい。

再び氷のドームに亀裂が走り、中から一人、出てきた。

服装からしてあの、不死身だと言われている男のようだが……、

「……ふっ」

思わず、コッポラは忍び笑いを漏らす。

出てきたその男が、赤い傘を差していたからだ。

何かの冗談かと思った。

たしかに、上空からの角度だと、ほぼほぼ上半身が傘に隠れていて、その全容は掴《つか》みづらい。

多少の目くらましにはなっている。

しかし、そんなものが何の役に立つ？

コッポラは、まず足を狙《ねら》って引き金を引いた。

銃声が晴天に吸い込まれる。

不死身とはいえ、肉体への損傷が起こらないわけではない。

不死身の男の足首が吹っ飛んで、あえなくうつ伏せに倒れ込んだ。

不死身の男は倒れてもなお、傘を差し続け、上半身を覆っている。

そんなに傘が好きか。ならば、銃弾の雨でも降らせてやろう。

傘のせいで上半身の各部への狙いは定まらないが、構わない。

コッポラは引き金を引きまくった。

愛銃ヴィーノから放たれた弾丸が、不死身の男に降り注ぐ。

むろん傘など貫いて、不死身の男をズタズタにする。

これを無駄撃ちとは思わない。

ありとあらゆる異宙の神々やモンスター、神秘に触れてきたコッポラだからこそ、経験則的に理解している。

どんなに化け物じみていて、強大な存在であろうと、真に〝不死身〟の存在などこの世にいない。

それはこの世の摂理に反するからだ。

常人からすれば不死身に見えるというだけで、必ず息の根を止める方法はあるはずなのだ。

そんな信念に基づき、コッポラは粛々《しゅくしゅく》と弾丸を撃ち込んだ。

特にこの不死身の男はヘラヘラしていて、舐《な》めくさった態度でいたから、何が何でも殺してやりたかった。

たしかにこの不死身の男の再生能力は脅威である。

しかし、例えばその再生速度を上回るほどの銃撃に晒《さら》されたらどうなる？

例えば、ありとあらゆる生物の急所――脳と心臓を同時に破壊したらどうなる？　もしや傘を差して上半身を隠しているのは、それを防ぐためなのでは？

コッポラはその信念と執念から、正解に辿《たど》り着こうとしていた。

そう、不死身の男ことカゲチヨも、実を言えば、脳と心臓の同時破壊で死ぬのである。

「……？」


撃たれるがままに倒れていた不死身の男が、不意に、ごろんと寝返りを打った。

うつ伏せから仰向けになり、大の字で寝そべる。

コッポラは狙撃《そげき》を中断した。

不死身の男が、穴だらけの傘を畳んだからだ。

コッポラはほくそ笑む。

これで、不死身の男の上半身が無防備になる。

頭と心臓、同時に撃ち抜いてやろう。

そう思った矢先、気がついた。

傘のせいで先ほどまではわからなかったが、不死身の男は、スマホで電話をかけていた。

一体誰に？

疑問を抱いたのと同時。

スコープを覗《のぞ》くコッポラと、不死身の男で、目が合った。


「！」

コッポラの背筋に悪寒が這《は》う。

ありえない。ここは上空一〇〇〇メートル。

こちらの射程圏内でありながら、標的からは居場所が特定されるはずのない、絶対的優位の安全圏。

それなのに、なぜ気付かれた？

不可解は焦りを呼び、その焦りは確信的な危機感に変わる。

ここに留まってはいけない。

コッポラはもはやマフィアとしての意地を捨て、即時撤退の判断を下した。

が、もはやそれは手遅れだった。

不死身の男はスコープの中で、寝転んだままコッポラに、人差し指と中指を——手で象《かたど》った銃を向けた。

そして、

「BANG」


ニヤリと笑い、口パクで告げて、手の銃を撃った。

すると、突如日差しが遮られ、コッポラに影がかかる。

コッポラははっと息を呑んで振り返った。

自分と愛馬ジルの、さらに頭上――太陽をバックにして、人影が二つ。

一人は、狼の耳と尻尾《しっぽ》を持つ男――シディ。

もう一人は、片手にスマホを、もう片手にシディを掴《つか》み、電竜《でんりゅう》の翼で飛翔する少女――ヒサメ。

「うわ、日差し強っ。暑いの苦手なんだから、一発で決めてよ、シディ！」

「承知した。ただ、一発で決めるためにも、もう少し熱くするぞ！」


シディはヒサメから手を離す。

そして弓矢を引くように拳を引いた。

刹那、シディの中で、太陽神ホルスのＤＮＡが脈動する。

太陽神ホルスとはすなわち、炎の化身。

聖なる炎で闇を退け、邪悪を焼き断つ者。

よって、固く握りしめられたシディの拳が、紅蓮《ぐれん》の炎で包まれる。

「～～～っ！　クソガキどもがぁぁあああ！」

それが、コッポラの断末魔となった。

さながら火球の如きシディの一撃が、コッポラの意識を刈り取った。

◆

白昼堂々、スクランブル交差点のど真ん中に寝転んで、カゲチヨは青空を眺める。

するとはるか上空で、真っ赤な火球が一つ、箒星《ほうきぼし》のように流れて消えた。

終わったか……カゲチヨがそう一息ついてすぐ、耳に当てていたスマホから、シディの声が聞こえる。

『――すまん！　カゲチヨ！　取り逃がした！』

「……え、マジで？」

あんなバッチリなタイミングで奇襲をかけることができたのに、コッポラに逃げられちゃったの？

カゲチヨはギョッとするが、すぐにシディがこう続ける。

『ああ、コッポラが乗っていたペガサスに逃げられた。追うか？』

そっちかいと、カゲチヨは胸中でずっこけて笑う。

「はは。いい、いい。馬はほっとけ。で、肝心のコッポラは？」

『ウム、そちらは問題ないぞ。完全に伸びてる。とりあえず手近なビルの屋上にでも降り立って、氷漬けにでもしておくか？』

「ああ。頼む。異リーガルギルドに連絡して、コッポラの身柄を回収に向かわせるわ」

『了解した』

『うん、オッケー。カゲ、ゴスケくん。お疲れ様』

「おう。お疲れ。――ふう」

シディとヒサメとの通話が切れて、改めてカゲチヨは一息ついた。

無事にコッポラの粛清《しゅくせい》を完了。

カレコレ屋としての仕事に、ようやく一区切りがついた。

相変わらず今回も、シディとヒサメは大活躍だ。カレコレ屋のツートップなだけある。

しかし、この大団円の立役者としてもっとも大きな手柄を立てたのは、実はゴスケではないだろうか。

カレコレ屋三人で作戦を練っていた際に、割って入ってきたゴスケの一言が、その後の戦局を大きく変えた。

――……あ、あの、あの！　自分、もしかしたらわかるかもしれないッス！　コッポラの居場所！

よくよく話を聞くと、ゴスケには弾丸の声が聞こえていたらしい。

コッポラはスナイパーライフルと弾丸を大変深く愛用していたようだ。あるいは、作り手の思い入れが込められた代物だったのかもしれない。

ともあれカゲチヨの身体に撃ち込まれた弾丸は、コッポラへの忠誠心を見せ、そして標的たるカゲチヨを殺せなかったことを悔いていたそうだ。

ならばと、ゴスケは弾丸にこう吹き込んだ。


――コッポラさんのところに戻って、また撃ってもらえばいいッスよ！

――コッポラさんの元へ戻りましょうッス！


ゴスケのこの言葉は、主人思いの弾丸にはよく響いたらしい。

傘形態のゴスケを差して、カゲチヨは氷のドームから出て、コッポラからの狙撃《そげき》を一身に浴びた。

そしてカゲチヨの身体に撃ち込まれた弾丸に、ゴスケは片っ端からそう呼びかけた。

すると弾丸たちは、一斉に声を上げたそうだ。


――戻りたい。戻りたい。コッポラ様のお役に立ちたい。

――戻りたい。お空。お空。戻る。コッポラ様のところ。お空。

――お空。真下に緑の電車が走ってる。お空。連れてって。お空へ連れてって。

――コッポラ様。まん丸マークの上。まん丸マークのビルの真上。連れてって。連れてって。


カタコトの単語。断片的な情報。

けれど、コッポラの居場所を特定しうる重要なキーワードは、そこにきちんと隠れていた。

〝お空〟はその言葉の通り。はるか上空。

〝緑の電車〟は山手線。

〝まん丸マーク〟はビル屋上のヘリポート。

これら三つの条件を満たす空間座標――すなわちＪＲ渋谷駅の上空を、囮《おとり》役のカゲチヨは弾丸を撃ち込まれながら、ヒサメとシディにスマホで伝えていた。

このときすでに、ヒサメとシディは氷のドームの中にはいない。

二人は路面を砕き割り、大穴を開けて、地下へと抜けていた。

スクランブル交差点の地下は、駅の通路や商業施設になっており、そこを通って地上へ脱出していたのだ。

そしてカゲチヨからスマホで指示を受け、空高くに舞い上がっていった――。

これが、コッポラ粛清《しゅくせい》劇の舞台裏である。

「……一件落着だな」

カゲチヨは一度、グーッと伸びをして、身体を起こす。

普段、多くの車と人が行き交うスクランブル交差点が、今やだだっ広い広場と化している。

つい先ほどまで、カゲチヨが銃弾の雨でズタボロにされていたのだから、人波が引くのも当然だ。

それにむしろ、これだけ人も車もないと、逆になんだか清々《すがすが》しい。

「おーい、ゴスケ。もう人間の姿に戻っていいぞ」

カゲチヨは、傍らに転がっている傘状態のゴスケに呼びかけた。

「…………」

しかし、ゴスケは無反応。

「ゴスケ……？」

ふとカゲチヨの胸中に不安がよぎる。

傘状態のゴスケは、生地に穴が開くくらいではノーダメージらしい。

だから、「カゲチヨさんがスマホで連絡取り合ってるところって、コッポラに見られないほうがいいッスよね!?　だったら自分を使ってくださいッス！」と、ゴスケは自ら進んで目隠しの役を買って出た。

その言葉を信じ、カゲチヨはゴスケを差して、コッポラの格好の的になっていたのである。

しかし、ゴスケはどこか、生き急いでいる節があった。

他人のために、平気で自分の命を投げ出すやつだった。

だから、もしかしたら、穴が開くくらいノーダメージなんていうのは、自分を使ってもらうための嘘《うそ》なのでは……。

本当は、ダメージを負っているのでは……。

「〜〜っ！　ゴスケ！　おい！　ゴスケって！　大丈夫か⁉　返事しろ！」

そんな焦りが湧き上がり、カゲチヨはゴスケを拾い上げて、開く。

もはや生地は穴だらけで、向こう側の青空が覗《のぞ》き見える。骨も何本か折れている。

カゲチヨはいよいよ焦ったが、しかし、

「……平気ッスよ、カゲチヨさん。傘状態だと自分、結構丈夫なんス……。生地は髪の毛とかみたいなもんですし……骨は、折れちゃったのはさすがにちょっと痛いッスけど、命に別状はないッス……平気ッス……」

ゴスケはぽつりぽつりと言葉を返す。

その声にいつもの元気はない。

けれど本人の言う通り、具合が悪いというわけでもなさそうだ。

ではどうしたのだろうとカゲチヨが疑問に思っていると、ゴスケが言う。

「……カゲチヨさん、自分、役に立ったッスか……？」

「…………」

その一言で、カゲチヨは察した。ゴスケが今、どんな心境かを。

だからカゲチヨは、ごまかすことなく、はぐらかすことなく、思ったことをそのまま告げた。

「ああ。弾丸の声が聞こえるやつなんて、お前以外いないだろ。お手柄だよ」

「……カゲチヨさんたちを、護《まも》れたッスか……?」

「ああ。助かった」

「……そッスか……!」

ゴスケの声が震えている。

いや、カゲチヨに握られているゴスケ自身が、小さく震えている。

カゲチヨの手のひらに伝わる感触は、紛れもなく傘のそれだ。

硬くて、細くて……けれど血が通っているかのように、確かな温もりが不思議とある。

こいつでは、銃弾は無論、防げない。

それどころか雨すらしのげない。

人はこいつを、オンボロの役立たずとこき下ろすかもしれない。

けれど、こいつはおしゃべりができて、正直で、直向《ひたむ》きだ。

どうしようもない女のためにまで身体を張っちまうような、底抜けのバカで、いいやつだ。

そして、この理不尽な世界にも挫《くじ》けずあがく、高潔な魂を持った戦士だ。

こんな傘を——否、男をこき下ろすことなど、カゲチヨにはできるはずもない。

むしろ、敬意しかない。

だから、

「……なぁゴスケ、お前は役立たずなんかじゃねぇよ。ちゃんと俺達を、護ってくれたよ。ありがとな」

カゲチヨはゴスケに、その思いを告げた。

すると、

「〜〜〜っ！　う、う、うああああああ」

感情の堰《せき》が切れたかのように、ゴスケは声を上げて泣いた。

かたやカゲチヨは、ふっと笑みをこぼす。

「……ったく。どっから降ってんだよ、この雨は」

穴だらけの傘の向こう側に、気持ちのいい青空が見える。

雨雲などひとつもない。

雨漏りなんてするはずもない。

なのに、ゴスケを差すカゲチヨの顔には、ぽたりぽたりと雫が落ちてきた。

その雫がやんだのは、ゴスケが泣きやんだときだった。

エピローグ（ともすればまた別のプロローグ）

事件から数日が経った。

渋谷は相も変わらず混沌《こんとん》として、次から次へとトラブルや事件が巻き起こる。

そのためここ数日のトレンドであったスクランブル交差点の炎上騒ぎも、真っ昼間の銃撃事件も、あっという間に過去のものとなり、皆また別のトレンドに夢中だ。

一連の事件の当事者であったゴスケも、すっかり渋谷の街を大手を振って歩けるようになった。

なので裏原《うらはら》の古着屋『ベンベルジャン』へ、花束と缶ビールを買って出向いた。

営業休止中の『ベンベルジャン』の店先には、たくさんの献花や供え物が置かれている。

店主のベンジーが殺されたからだ。

警察は犯人を特定できていないようだが、ゴスケは知っている。

コッポラの一味にやられたということを。

だからゴスケは動揺し、自分を責めた。ベンジーはつまるところ、自分の巻き添えを食らう形で殺されたと思ったからだ。

しかし、カゲチヨにこう言われた。

「なんでもかんでも自分のせいだと思い込むな」と。

「そもそも情報屋として金を稼いでいたのだから、こういう最期もベンジーさんは覚悟の上だったはず」と。

その言葉で、完全に吹っ切れたわけではない。

しかし、身近で不幸があった際、すぐに己を責めるのは、それはそれで自惚《うぬぼ》れなのかもしれない。

少なくとも、自らの意思で情報屋を営んでいたベンジーに対しては、そんな感傷など冒瀆《ぼうとく》にしかならないのではないだろうか。

そう思い至り、ゴスケは落ち着きを取り戻して、こうして弔いにやってきたわけだ。

「――……その節はお世話になりましたッス。ありがとうございましたッス」

ゴスケは花束と缶ビールを店先に供え、手を合わせる。

しばらく冥福の祈りを捧げていたが、また別の若者グループが弔問にやってきた。

なので順番を譲るように、ゴスケは一礼して、立ち去った。

今日の渋谷も晴天で、色とりどりの献花は爽《さわ》やかな風に揺れていた。

◆

ベンジーを弔ったあと、ゴスケはカレコレ屋の事務所へ向かった。

一連の事件後も、今後のことが決まるまではと、ゴスケは事務所で寝泊まりさせてもらっていた。

「――ベタにコンビニとかがいいんじゃね？　ここトとか、すぐそこの店じゃん」

「んー。でもせっかくだからゴスケくんの性格を生かせるバイトのほうがよくない？　接客とか！　愛想いいし、人懐っこいし、何気に要領いいし！」

「ゴスケなら何でもできるさ。これなんていいんじゃないか？　『男性募集　高収入　美熟女のサポート』」

「それ詐欺だよ……」

「ウヌ？　そうなのか？　俺はたびたび、女性をサポートして収入を得ているぞ？」

「おい、シディ、てめえ、表出ろ」

ゴスケが事務所に戻ると、応接間兼リビングが賑《にぎ》やかだった。

見ればカゲチヨ、ヒサメ、シディの三人が、一台のタブレット端末を囲み、額を突き合わせている。

タブレット端末の画面に表示されているのは、求人サイトだ。

どうやら三人はゴスケのアルバイト先について、喧々諤々《けんけんがくがく》の議論を交わしていたらしい。

そしてそれが白熱しすぎて自分の存在に気付いていないようなので、ゴスケは三人に声をかける。

「戻りましたッス！」

「おー、帰ったか、ゴスケ」

「ゴスケくん、おかえり」

「ウム。今ちょうど、ゴスケのことを話していたところだ」

シディに手招きされて、ゴスケは三人の輪に入っていく。

当たり前のように自分を迎え入れて、温かな眼差しを向けてくれる――この空気感に、ゴスケはふと懐かしさを覚える。

そういえば、リコとはよくオママゴトをしたっけ。

道具たるゴスケに、家族という概念はない。

だから、本当の家族というものを知らない。

けれど、あれはすごくよかった。

ごっこ遊びなのかもしれないが、心が満たされた。

それと同じ感覚を、今も確かに感じている――。

だから、ゴスケは少し前から考えていたことを切り出した。

「あの、バイト先を考えてもらえるのはありがたいんッスけど……実は自分、働いてみたい職場がありまして……」

「え、そうなの？」

「どこだ？」

ゴスケが言うと、ヒサメは身を乗り出し、カゲチヨは片眉《まゆ》を上げる。

断られてしまうかもしれないけれど、ゴスケは勇気を出して言った。

「ここッス！　カレコレ屋ッス！」

「「「え？」」」

カレコレ屋三人の声が重なる。

三人揃《そろ》って、面食らっている。

ゴスケは追いすがるように、真剣に思いを告げた。

「雑用でも何でもしますッス！　まだまだ渋谷に出てきたばかりで、勉強も全然で、みなさんみたいに強くもないへっぽこッスけど……自分を、カレコレ屋で雇ってもらえないッスか!?」

これはある種の甘えかもしれないけれど……この三人と別れるのは嫌だった。もう少し、この三人と一緒にいたい。

それに、この三人から学びたいことが、教えてほしいことが、たくさんある。

自分は未熟で、無力で、せいぜい道具の声が聞こえるくらいしか能のないオンボロ傘だけれども……それでも、この三人のような、かっこいい人になりたい。

かっこいい人になることを、諦めたくない。

だから――、

「お願いしますッス！」

ゴスケは三人に向かって、深々と頭を下げた。

「「「…………」」」

カレコレ屋の三人は、顔を見合わせてしばし沈黙。

そして、誰からともなくぷっと噴き出して、ヒサメがニヤニヤ笑いながら言う。

「だってさ。どうする？　カゲ」

「なんで俺に聞くんだよ」

「人見知りのコミュ障なんだから、新人が入ってくるなんて話になったら怖気《おじけ》づいちゃうんじゃない？　大丈夫？」

「ナメんな！　俺が人見知りとコミュ障を発動させるのは陽キャとかカースト上位の人間だけだ！」

「威勢よくめっちゃダサいこと言ってる……」

空威張りするカゲチヨと、呆《あき》れるヒサメ。

そこにシディが相槌《あいづち》を入れる。

「ウム。そうだな。相手が弟なら、人見知りも何もしようがないな」

「……弟？」

その言葉が引っかかったようで、カゲチヨは聞き返す。

「ああ。ゴスケは弟のようなものだろう。違うか？」

言いながら、シディはカゲチヨとヒサメに、真っ直ぐな視線を向ける。

ヒサメは優しく微笑み、うんうんと頷《うなず》く。

一方、カゲチヨは「……どうだかな」と鼻を鳴らして、そっぽを向いてしまう。

そして、ぶっきらぼうに言う。

「俺らも、いつまでも渋谷にいるわけじゃない。目的を果たしたら引き揚げて、元の本拠地に戻る」

「…………」

だからダメだと、断られてしまうのかとゴスケは思った。

けれどカゲチヨは、チラチラとゴスケのほうを見ながら、どこか照れくさそうに言った。

「だからまぁひとまず、それまでだったら雇ってやるよ」

曇りかけていたゴスケの表情が、ぱぁっと晴れ渡る。

「！　ありがとうございますッス！」

そんなゴスケとカゲチヨのやり取りに、ヒサメとシディはくすくす笑っている。

カゲチヨはそれに「うるせえ」と視線で釘を刺す。

そして咳払《せきばら》いをしつつ、ゴスケの胸元を顎《あご》でしゃくった。

「そのバッジ、まだ返してもらう必要はなさそうだな」

ゴスケが胸に着けているのは、発信機機能付きの、カレコレ屋のバッジだ。

当初は保護対象としてゴスケに貸し与えられていたバッジだったが、今この瞬間、そのバッジの意味合いが変わった。

まだまだ見習いのアルバイトではあるけれども……かくしてゴスケは、〝カレコレ屋〟の一員となった。


……そして、まだこのとき、ゴスケは知らない。

混沌《こんとん》の街〝渋谷〟は今、戦乱《せんらん》の真っ只中にあることを。

数多《あまた》の大悪党に猛者《もさ》や豪傑が、群雄割拠《ぐんゆうかっきょ》たる〝渋谷〟の王の座を巡り、欲と愛憎の抗争を繰り広げていることを。

カレコレ屋への加入を果たしたことで、図らずもその覇権争いに自らもエントリーしてしまったことを……このときのゴスケに、気付けるわけもない。


ともあれ、つまるところここまでが、ゴスケの物語のほんのプロローグ。

つづく

『混血のカレコレ』
公式コミカライズ!!!!!
カレコレ
KAREKORE

こんな所に隠れて何してた？
鈴《すず》をつけた吸血鬼《きゅうけつき》を出せ。
無理矢理《むりやり》戦《たたか》わせてる、
クズがいるって事《こと》だよなぁぁ!!!
…勝手《かって》に動《うご》くな。
ん？この子は？
奴《やつ》らに捕《つか》まってたっぽい。
俺《おれ》と同《おな》じ様《よう》な感《かん》じなのか？
フム
パキ
ピキ…
パキン
泣《な》いてんじゃん。

ガガガ文庫9月刊

雨のちギャル、ときどき恋。

著／落合祐輔《おちあいゆうすけ》　イラスト／バラ　キャラクター原案／蜂蜜《はちみつ》ヒナ子《こ》

降りしきる雨の日。家の前には、見知らぬずぶ濡れのギャルの姿が。「久しぶりじゃんね、叔父さん」彼女は、とある理由で疎遠だった義姪・美雨だった。その日から、俺と姪の七年を取り戻す共同生活がはじまった。

ISBN978-4-09-453209-8（ガお12-1）　定価836円（税込）

獄門撫子此処ニ在リ3 修羅の巷で宴する

著／伏見七尾《ふしみななお》　イラスト／おしおしお

春待つ京都の路地裏に、鬼の哭く声がこだまする――相次いで起こる「鬼」絡みの怪異、その裏にいたのはもう一人の「獄門の娘」獄門芍奈だった。撫子と芍奈。歪んだ鏡を挟んだように向かい合う二人の運命が、至る先は。

ISBN978-4-09-453210-4（ガふ6-3）　定価891円（税込）

嫉妬探偵の蛇谷さん

著／野中春樹《のなかはるき》　イラスト／pon《ポン》

「本当、妬ましい」黙っていれば美人なのに口を開けば怒涛の毒舌、行動原理が全て「嫉妬」の蛇谷さん。嘘が吐けない僕は彼女と、青春の「嘘」を暴いていく――青春は、綺麗ごとでは終われない。学園青春探偵物語。

ISBN978-4-09-453202-9（ガの2-1）　定価836円（税込）

帝国第11前線基地魔導図書館、ただいま開館中3 疾駆せよ移動図書館アーキエーア

著／佐伯庸介《さえきようすけ》　イラスト／きんし

アーキエーア――それは、魔導司書と勇者と連合国全権大使である皇女を乗せ走る移動図書館。人類の命運という重すぎる荷を乗せて向かうは、魔王の皇太子との直接交渉で!?　形なき物なればこそ、己が全てで顕せ、愛。

ISBN978-4-09-453211-1（ガさ14-3）　定価858円（税込）

闇堕ち勇者の背信配信2 ～追放され、隠しボス部屋に放り込まれた結果、ボスと探索者狩り配信を始める～

著／広路《こうじ》なゆる　イラスト／白狼《ばいらん》

ラスボスを目指し探索者狩りに勤しみ励むアリシアとクガ。次なる目標はSSランクボスの討伐！　しかしボスフロアには莫大な入場料金が必要であった。その秘策として、アリシアは人間界からの配信で一攫千金を狙う！

ISBN978-4-09-453212-8（ガこ6-2）　定価836円（税込）

ノベライズ

カレコレ Novelizations

著者／秀章《ひであき》　イラスト／八三《はっさん》　原作／比企能博《ひきよしひろ》・Plott《プロット》

カゲチヨ・ヒサメ・シディの三人は、アウトローたちが跳梁跋扈する危険な街"渋谷"に降り立つ。そこでとある少年と出会い、トラブルに巻き込まれることに!?　大人気 SNSアニメ『混血のカレコレ』公式ノベライズ！

ISBN978-4-09-453207-4（ガひ3-8）　定価836円（税込）

ガガガブックス

ロメリア戦記 ～魔王を倒した後も人類やばそうだから軍隊組織した～5

著／有山《ありやま》リョウ　イラスト／上戸《かみと》 亮《りょう》

ガンガルガ要塞の激闘から二年。ロメリアと列強六か国からなる連合軍は、魔王軍をあと一歩のところまで追い詰める。だが、奮戦するロメリアと二十騎士たちに、用意周到に張り巡らされたギャミの策が炸裂する――。

ISBN978-4-09-461174-8　定価1,540円（税込）

ガガガブックスf

愛しい婚約者が悪女だなんて馬鹿げてる！下 ～全てのフラグは俺が折る～

著／群青《ぐんじょう》こちか　イラスト／田中麦茶《たなかむぎちゃ》

リリアナの異母妹・ミレイアが巡らす策謀を掻い潜るうち、レイナードはフォルティス家に潜む闇を目の当たりにして――「望まぬ未来」の裏に潜む因縁を紐解き、愛しい婚約者との結婚式を迎えることができるのか……？

ISBN978-4-09-461176-2　定価1,320円（税込）

ガガガブックスf

義娘が悪役令嬢として破滅することを知ったので、めちゃくちゃ愛します2 ～契約結婚で私に関心がなかったはずの公爵様に、気づいたら溺愛されてました～

著／shiryu《シリュー》　イラスト／藤村《ふじむら》ゆかこ

アランやレベッカとの仲の深まりを実感するソフィーア。けれど予知夢にて、アランが事業を失敗し落ち込む姿を見てしまう。アランを助けようと奮闘するソフィーアだが、その背後に怪しい影が迫っていた――。

ISBN978-4-09-461177-9　定価1,430円（税込）

GAGAGA
ガガガ文庫

カレコレ Novelizations

秀章
原作:比企能博/Plott

発行　2024年9月23日　初版第1刷発行

発行人　鳥光 裕

編集人　星野博規

編集　大米 稔

発行所　株式会社小学館
〒101-8001 東京都千代田区一ツ橋2-3-1
[編集]03-3230-9343　[販売]03-5281-3556

カバー印刷　株式会社美松堂

印刷・製本　TOPPANクロレ株式会社

Printed in Japan　ISBN978-4-09-453207-4

第19回小学館ライトノベル大賞 応募要項!!!!!!!!!!!!!!!!!!!!!!!!!!!!!!!

ゲスト審査員は田口智久氏!!!!!!!!!!!!

（アニメーション監督、脚本家。映画『夏へのトンネル、さよならの出口』監督）

大賞：200万円＆デビュー確約

ガガガ賞：100万円＆デビュー確約

優秀賞：50万円＆デビュー確約

審査員特別賞：50万円＆デビュー確約

スーパーヒーローコミックス原作賞：30万円＆コミック化確約
（てれびくん編集部主催）

第一次審査通過者全員に、評価シート&寸評をお送りします

内容 ビジュアルが付くことを意識した、エンターテインメント小説であること。ファンタジー、ミステリー、恋愛、ＳＦなどジャンルは不問。商業的に未発表作品であること。
（同人誌や営利目的でない個人のWEB上での作品掲載は可。その場合は同人誌名またはサイト名を明記のこと）

選考 ガガガ文庫編集部＋ゲスト審査員 田口智久
（スーパーヒーローコミックス原作賞はてれびくん編集部による選考）

資格 プロ・アマ・年齢不問

原稿枚数 ワープロ原稿の規定書式【１枚に42字×34行、縦書き】で、70～150枚。

締め切り 2024年９月末日 ※日付変更までにアップロード完了。

発表 2025年３月刊『ガ報』、及びガガガ文庫公式WEBサイト GAGAGA WIREにて

応募方法 ガガガ文庫公式WEBサイト GAGAGA WIREの小学館ライトノベル大賞ページから専用の作品投稿フォームにアクセス、必要情報を入力の上、ご応募ください。

※データ形式は、テキスト（txt）、ワード（doc、docx）のみとなります。
※同一回の応募において、改稿版を含め同じ作品は一度しか投稿できません。よく推敲の上、アップロードください。
※締切り直前はサーバーが混み合う可能性があります。余裕をもった投稿をお願いします。

注意 ○応募作品は返却致しません。○選考に関するお問い合わせには応じられません。○二重投稿作品はいっさい受け付けません。○受賞作品の出版権及び映像化、コミック化、ゲーム化などの二次使用権はすべて小学館に帰属します。別途、規定の印税をお支払いいたします。○応募された方の個人情報は、本大賞以外の目的に利用することはありません。